中国日记体小说的现代转型研究

李昫男◎著

文化发展出版社
Cultural Development Press
·北京·

图书在版编目（CIP）数据

中国日记体小说的现代转型研究 / 李眴男著 . — 北京 : 文化发展出版社 , 2023.9
ISBN 978-7-5142-4084-9

Ⅰ . ①中… Ⅱ . ①李… Ⅲ . ①日记体小说－小说研究－中国 Ⅳ . ① I207.42

中国国家版本馆 CIP 数据核字 (2023) 第 172167 号

中国日记体小说的现代转型研究

李眴男　著

出 版 人：宋　娜
责任编辑：岳智勇　　　　责任校对：侯　娜
责任印制：邓辉明　　　　封面设计：守正文化
出版发行：文化发展出版社（北京市翠微路 2 号　邮编：100036）
网　　址：www.wenhuafazhan.com
经　　销：全国新华书店
印　　刷：天津和萱印刷有限公司

开　　本：710mm × 1000mm　1/16
字　　数：165 千字
印　　张：9.25
版　　次：2024 年 3 月第 1 版
印　　次：2024 年 3 月第 1 次印刷

定　　价：72.00 元
I S B N：978-7-5142-4084-9

◆ **如有印装质量问题，请电话联系：010-58484999**

作者简介

李昫男，女，1984年生人，吉林省长春市人，任职于中国人民解放军空军航空大学，讲师。毕业于吉林大学，文学博士，研究方向为中国现代文学。

前　言

有文字记载以来，日记就伴随着人类社会的发展而发展，一直扮演着记录人类文明进程的载体角色。当日记从个人私密的内容走向群体大众，就演变成了日记文学。日记体小说只是日记文学中的一个分类，但管中窥豹，就如很多学者都主张“小题大作”，挖深小题之后，将会有丰硕的收获，关键是对文学作品、文学现象的理解和把握。中国日记体小说相对于整个中国小说发展的历史来说，只是沧海一粟，但在中国现代文学阶段，中国日记体小说的现代转型却有着鲜明的时代特征，值得被充分重视。

本书的研究起于笔者的硕士研究生时期，当时笔者以日记体小说的“现代性”特征为研究论题，在博士论文的写作中，扩大了研究范围，更新了研究方法，从文体学和叙事学研究角度综合把握日记体小说的现代转型。之所以这样选择，是因为日记体往往会使人聚焦在作品的形式研究上，当然这是不可跨越的研究重点，但综合把握则可对日记体小说的内容层面的现代转型深入论述，从而在审美层面上观察日记体小说的精神内涵。

中国现代日记体小说有一个新兴、演变、消退的发展过程，其中映射了时代思维、人性心理。它的兴起是历史的必然，是西方文学思潮冲击东方文化的结果，所以日记体小说有着中西合璧的特点，这一点，在清末民初的通俗小说家笔下体现得尤为明显。诗词歌赋、散文游记皆可与日记的形式结合，最重要的是，小说中描写的痴男怨女更是古典小说人物形象的延伸。在新文化运动时期，新文学作家又一次对日记体的形式大加青睐，创作出大量的作品。归根结底，对于刚刚掌握现代小说这一体裁的作家们来说，日记体是一种较为容易书写的文体。这一时期的日记体小说记录了现代文学转型之初的青涩，当然也有一出现就已然是成熟水平的作品，比如鲁迅的《狂人日记》。在20世纪10年代至30年代初期，是日记体小说转型之后繁荣发展的时期，日记体的形式特征被运用得淋漓尽致，成为抒发个人内心情感的标志性文体，尤其很多女性作家以日记体的形式让女性主义在文坛上大放异彩；在 20 世纪 30 年代中后期直至 40 年代末，日记体小说的书写规范向新兴初期回归，由抒情性的文体转而面向广阔社会的描写，但日记体本身的形式特性无法与宏大叙事相契合，终究渐渐式微，走向了衰退。

梳理中国日记体小说的历时演变是探索其现代转型的方式，笔者力求深入时代背景、作家心理，探索文本中呈现出的社会文化问题、性别意识等，力求结合宏观与微观，综合整体与个别的关系，纵深和横向地展现日记体小说的特征风貌。在对文人日记体小说进行文本细读的同时，也关注通俗日记体小说大量创作的实绩，虽然其文学审美意义和文人日记体小说有着差距，但是其存在的价值意义不容小觑，作品中体现的社会景观、人文雅趣、市井生活也折射了时人的生活感悟，综合研究文人日记体小说和通俗日记体小说对探索中国现代文学的发展也有着积极的意义。除此之外，挖掘出一直以来被主流文学遮蔽的日记体小说，以丰富中国现代日记体小说的研究成果，也是本书的追求，比如笔者论述了一篇与鲁迅《伤逝》互文式写作的作品——《子君走后的日记》，虽然后者近乎是一个无名的文本，却展示了在 20 世纪二三十年代非职业作家的日记体小说这一文体的书写水平，以及当时读者对鲁迅小说《伤逝》的解读和回应。

本书是在笔者的博士论文的基础上完善形成的。特别感谢笔者的导师王桂妹，读研期间就给予笔者专业、耐心的教导，让笔者不断成长，完善学业，读博士期间更是对笔者的学业、生活都十分关心，笔者的每一点进步都离不开王老师的悉心引领。每每想来，惭愧不已，愧对老师，没有在学业上有更长足的进步。能够成为老师的学生，是笔者的幸运。也要感谢文学院的各位老师对笔者的指导和帮助，老师们教学严谨，理论深厚，是笔者学习的榜样。感谢刘中树老师、张福贵老师、王学谦老师、靳丛林老师、白杨老师的授课，让笔者受益终身。此书也是在家人的鼓励和支持下完成的，不一一列举，心存感激。学习是终生的事业，日记体小说还有很多值得深入挖掘的地方，笔者将继续探索前行！

目录

绪论

日记书写在我国有着悠久的历史，近代之前多用于古时文人记录历史事件、征战祭祀、日常生活等。日记原本是一种私人性的写作，在漫长的发展中，其“著述化”倾向越来越明显。在19世纪末期，由于西方文学思潮的涌入，日记等传统文类与小说结合，产生了中国日记体小说。至20世纪40年代末，很多新小说家和新文学作家都成为日记体小说的创作者，由此涌现了大量的作品，形成了清晰的演变脉络。日记体小说文本在漫长的历史中，有名家名作出现，也有淹没在岁月中的佚名作者的作品，他们一起为确立日记体小说的书写规范，丰富其精神内涵作出了贡献。

一、研究对象与成果

日记在中国历史上有着源远流长的传统，有篇章可考的，可追溯至一千多年前。在唐代，“记程之书胚胎形成，多标以异名，或曰录，或曰志……均未用日记名称”[①]。宋代时，学者文人开始大量书写日记，用于出行、征战和生活记录，“日记全称，二字连用，始见于宋代”[②]。经过千年的兴衰发展，至清代中后期，日记进入鼎盛阶段，如曾国藩、赵烈文、陆嵩、李慈铭等人都留下了传世作品。随着19世纪末“新小说”的诞生，日记汇入了小说的洪流。原本日记是文人墨客的一种私人性的叙事，著述化使日记文学从书房走向了大众，又因其私密的属性，而为人所好奇，间接地推动了其文学化的进程。郁达夫强调：“日记文学，是文学里的一个核心，是正统文学以外的一个宝藏。”[③]新文学作家对日记文学是比较推崇的，并形成了早期的日记文学理论。日记文学虽然盛行已久，但日记体小说是在19世纪末诞生的．在西方文学大量涌入中国的潮流中，小说中附有日记的《茶花

① 陈左高．中国日记史略[M]．上海：上海翻译出版公司，1990：6．

② 陈左高．中国日记史略[M]．上海：上海翻译出版公司，1990：6．

③ 郁达夫．郁达夫文集：第九卷[M]．广州：花城出版社，1984：265．

女》被译介到中国。徐枕亚的《玉梨魂》最早模仿文中引录日记的形式，大获成功后徐枕亚创作了长篇日记体小说《雪鸿泪史》。由此，虚构的日记体小说盛行起来。在中国现代文学史上，集中出现了新小说家、新文学作家创作的长、中、短篇日记体小说，[①] 形成了文体演变的脉络，呈现了雅俗并进的风貌，对其研究有益于观察现代文学的演变发展。时至今日，学术界已经收获了一些关于日记体小说的研究论文，对这一文体的评论和关注早在新文学诞生之际就开始了。在当代，研究者运用新的研究视角及研究方法重新审视日记体小说的创作，得到了不同层面的研究成果。

（一）现代时期的“日记体小说”的相关研究

1. 理论研究

从晚清开始，日记体小说开始形成创作潮流，但被理论家有意识地总结还是在新文学时期。在孙俍工的《小说作法讲义》中，将小说体式分为四类，日记体居首位。“清华小说研究社”编纂的《短篇小说作法》把日记体、书札体、混合体分成一类，将第三人称和第一人称相并列。理论家们关注日记体小说，往往把它和书信体归为一类论述。对日记体小说有着巨大影响的理论家是郁达夫等人，郁达夫关于日记文学发表过一系列的文章，形成了独特的日记文学观念。他认为“日记体”是散文中“最便当的一种体裁”。[②] 在《日记文学》发表之后，他陆续写了《有目的的日记》《再谈日记》等文章，表达了他的观念。首先，他认为日记是正统文学外的一个宝藏，肯定了日记文学的地位和潜力，日记作为应用文体，除了“备遗忘，录时事，志感想”[③] 等应用功能外，还有抒发内心情感、让人保持心灵愉悦等审美功用。其次，他把真实的核心放在内容上，而不是日记的形式上。再次，郁达夫在《日记文学》中感叹：“日记有此种种便利的特点，所以小说家在初期习作的时候，用日记体裁来写的时候，其成功的可能比用旁的体裁来写更多一点。”[④] 他认为写日记可以有效提高写作者在思想、文化、身心及个性等各方面的修养，便于作者养成基本的写作素质，也可以累积生活素材，培养良好的语言

① 笔者搜集整理的作品见文末的《作品附录》。

② 郁达夫．郁达夫文集：第九卷[M]．广州：花城出版社，1984：313.

③ 郁达夫．再谈日记[J]．文学，1935（1）：384.

④ 郁达夫．郁达夫文集：第九卷[M]．广州：花城出版社，1984：314.

功底。有这点共识的作家很多，比如叶圣陶的《日记与写作能力》、徐懋庸的《写作之前的一种准备工作》都强调了日记对写作能力提高的作用。

此后的日记理论研究大体上都延续了新文学时期的理论。随着日记文学的演变，越来越多的人更关注日记的内容，对日记的形式讨论则没有深入下去。1936年茅盾在《中流》上刊载了《日记及其他》，提出了对于日记的两个“偏见”：一个是认为写日记“勤笔勉思”；一个是认为日记大受欢迎的原因是“文章宁复见为人”。① 在战争时期，时事日记大量出现，学者们对这一现象也有所启悟，比如赵镜元的《怎样写时事日记》。值得一提的是许钦文的《日记体的抗战文学》，明确地把“日记体小说”作为了研究对象，认为日记体小说在抗战文学中有着重要的地位。他把小说分为自传体和正传体两类，这两类日记体小说都可以写这两类，又讲述了日记体小说与“日记”的区别：日记是今天写了什么，不知道明天会写什么，也不用考虑明天写什么，而日记体小说在写的同时要想好过程和结果，进而引申到“抗战日记体小说”，认为抗战的日记体小说要有明显的主题和浓烈的情调，并且作者无论是前方的战士还是后方的农民，广义上都是日记体小说。虽然这样的小说有“做作”的嫌疑，但是“做作”就是文学的手段，使得文学单纯化、尖锐化，效果强大，这也是日记体小说比日记更加有力的原因。

2. 对日记体小说作品的评论概述

在现代文学阶段，日记体小说的创作是丰富的，很多小说都在当时及现在有着巨大的影响，而即时的评论文章更是研究当时日记体小说的重要资料。评论文章是有着各种不同的角度的，可能有些偏于感性，有些偏于理论，但都体现了当时文坛对于日记体小说的反应和理解。

中国第一部长篇日记体小说《雪鸿泪史》的前身《玉梨魂》，甫一出现，就受到了读者的喜爱，也在评论界掀起了议论的高潮，批判鸳鸯蝴蝶派的新文学家也对其有着一定的肯定。1918 年，《新青年》第 4 卷第 5 号发表了鲁迅的《狂人日记》，以“表现的深切和格式的特别”②（鲁迅语）揭开了日记体小说乃至中国现代小说的新纪元，其日记体形式更是为新文化运动的小说家探索文体现代化树立了典范。茅盾 1923 年在《文学周报》上发表《读〈呐喊〉》，认为“《狂人日记》

① 茅盾．日记及其他[J]. 中流，1936（12）：520.

② 鲁迅．鲁迅全集 6[M]. 北京：人民文学出版社，2005：246.

的最大影响却在体裁上；因为这分明给青年一个暗示，使他们抛弃了‘旧酒瓶’，努力用新形式，来表现自己的思想。”在鲁迅之后，日记体小说的创作继20世纪10年代时期进一步变革，并出现了大量的作家作品，在当时就受到了关注。剑三（王统照）在1922年《小说月报》上发表《论冰心的超人与疯人笔记》，评论冰心的《疯人笔记》时说：“在本年《月报》第四号上，冰心的《疯人笔记》的确是在她所有的作品中，最特异的一篇。这类的作品，在中国的新文坛上，是很少见的。”庐隐则以《丽石的日记》《蓝田的忏悔录》《曼丽》《父亲》《归雁》真实地呈现了“‘新文化运动’时期的‘时代儿’”（茅盾语）[①]。而同一篇作品也往往引发评论者不同的认识，比如徐祖正的《兰生弟的日记》，石评梅1926年在《语丝》上发表的《再读〈兰生弟的日记〉》，认为徐祖正《兰生弟的日记》使她“认识了自己生命力量的无限”。郁达夫在1926年四卷19期《现代评论》上发表《评〈兰生弟的日记〉》，肯定了小说的真诚和率性，也指出了文体上的不足，认为其“远在一般的作品之上”。高长虹同样在1926年评论了《兰生弟的日记》，结论与郁达夫不同，他认为这是一篇诚恳的日记，但不是艺术，甚至“不是一个作品”[②]。其他的对于重要作品的评论还有很多，都为后人的研究提供了珍贵的理论基础。在此不一一列举。

（二）当代以来的日记体小说研究

1. 理论研究

相比较现代文学时期对日记体小说的研究，当代以来更加专注于小说，而不是笼统的日记文学，并且有了切实的理论基础，不再是印象式批评。这样的细化研究使得日记体小说真正独立出日记文学，成为对现代文学有影响、有价值的文类，也同样为研究中国现代文学提供了一条有益的脉络和线索。

谈到当代学者对日记体小说的理论研究，不能不首推陈平原的《中国小说叙事模式的转变》一书，第六章“传统文体之渗入小说”专门讲述了日记作为一种“文学形式”如何进入作家视野以及日记体小说的现代特征。书中共分为三个部分对日记体小说进行递进式的分析研究：第一是日记作为一种“文学形式”如何进入到文学家的视野；第二是中国古代日记的著述化倾向如何影响了日记体小

① 茅盾．庐隐论[J]．文学．1934（3）．

② 高长虹．再读《兰生弟的日记》[J]．狂飙汇刊．1927（1）：26．

说的现代转型；第三是日记体小说的叙事学功用。陈平原从第一人称叙事的变革入手来研究日记体小说，并且梳理了日记体小说在晚清时期的发轫和演变，指出晚清小说的第一人称限制性叙事是一大突破，但也指出新小说家更倾向于用日记体讲述故事和表达政见，而不是真心地表达自己内心的情感，因而日记体小说在新小说家手中总是别扭的，在新文化运动作家那里，日记体小说终于实现了叙事时间、叙事角度、叙事结构的全面转型，新文化运动作家所选择的第一人称叙事是为了更便于抒情而不是叙事。1918 年鲁迅发表的《狂人日记》与其他日记体小说的倾诉性相比，它的小序为小说提供了一个客观视角，陈平原着重分析了《狂人日记》的艺术特色，突出了它对日记体小说叙事模式转变的重要成就和影响。

陈平原将日记体小说纳入小说叙事模式转变的总体背景中进行研究，其意义是相当深远的。在他之后，日记体小说的研究基本上都是以叙事学理论作为工具。很显然，叙事学的理论方法对日记体小说是适用的，使日记体小说在形式上的研究获得了突破。

此后，在陈平原叙事学研究的基础上，也有研究者进行了新的尝试。显然，文体学对于研究日记体小说是合适的选择。目前为止，有一些研究者进行了尝试，这里举出三个比较有代表性的研究者，首先是张克，他 2002 年的硕士论文《论中国现代日记体小说》，从文体学切入，探讨了日记体小说的文体特征：真实性、时间形式、封闭性主题。全文分三个时期论述现代日记体小说的形态演变，主要采用的文本是文人日记体小说，现代的涵盖性较小，但全文的学术价值很高。他在 2008 年发表了《论中国现代日记体小说的文体特征》，继续在文体学方面深入研究日记体小说，把“真实性”的含义明确出来是“真实与虚构的交织”，又使用了硕士论文中没有的小说文本。

罗晓静 2003 年的硕士论文《“五四”日记体小说——兼论一种非典型小说的文体形式和话语特征》将新文化运动时期的日记体小说作为研究对象，理论探讨颇深，把日记体小说作为一种“非典型”文体形式与社会文化复杂关系综合讨论，尤其对其话语形态进行了考察，论文很有创新意识。

史加辉在 2004 年发表的《论现代文学史上日记体小说的文体特征》，以文体学为视角观察现代日记体小说，并且着重于现代文学史上的日记体小说具有的

“对话性”的文体特征，不仅是文本中的角色与作者的对话，更是作者与文本外的读者之间的对话。

除了叙事学、文体学，对日记体小说的研究还有“现代性”的研究视角。2009年笔者的硕士论文《从形式到精神——论五四日记体小说的现代性内涵》以新文化运动时期的日记体小说为研究对象，以现代性为视角，着重考察了晚清到新文化运动时期日记体小说的现代转型特征。文中论述了日记体小说从形式的现代性到精神的现代性的转变过程，着重分析了日记体小说的文体特征和作家的写作体验。论文的不足之处还有很多，现代性的视角并不是一个好把握的视角，目前这方面的论文并不多。

2. 对日记体小说作品的评论概述

在理论研究方面，研究者多以“一个时期”为研究范围作整体的综合研究，而随着日记体小说越来越被重视，很多作者的日记体小说都被重新鉴赏和研究，从而开拓出新的研究思路，丰富了现代小说的研究。

在现代文学时期，日记体小说的创作是繁盛的，涵盖了精英文学和通俗文学，随着研究越来越深入，很多作品被挖掘出来重新赋予了意义。在晚清日记体小说中，比较引人注目的两篇日记体小说是徐枕亚的《雪鸿泪史》和李涵秋的《雪莲日记》。

对于前者，大多数的论者都是在研究徐枕亚的《玉梨魂》，其中袁进的《过渡时代的投影——论〈玉梨魂〉》比较有代表性，袁进认为《玉梨魂》是“10年代这个特定时代的代表作品”[①]，并且提出了问题：这部作品为什么会出现，以及它为什么会流传一时？文中，他指出了人物性格的矛盾性，究其原因是作者性格的矛盾，无法调和的“情”与“礼”正是20世纪10年代这个过渡时代的真实反映，并从文学角度、社会因素等方面还原了小说应有的文学地位。2008年李青果发表在《清华大学学报》的《情感·革命·国家——徐枕亚〈玉梨魂〉、〈雪鸿泪史〉及其周边》一文，一反前人对《玉梨魂》感情纠葛的单纯研究，而结合了国家、革命的主题，重新看待两篇小说的演变。作者认为从《玉梨魂》到《雪鸿泪史》，徐枕亚不断淡化小说的言情氛围，简化小说的情节，并使主角最后走上了革命道路，这不仅是文学内部的原因，更是受社会意识形态的影响。

对于李涵秋的《雪莲日记》，有伍大福的《再现辛亥年间国人生活的第一部

① 袁进．过渡时代的投影——论《玉梨魂》[J]．社会科学战线，1988（4）：279.

日记体长篇文言小说——浅谈李涵秋的〈雪莲日记〉》，论文提出了两个“商榷”：第一个是《雪莲日记》被魏绍昌的《鸳鸯蝴蝶派研究资料：史料部分》列入“言情”目录，伍大福通过对小说内容的考察认为这是一部“社会”小说；第二个是关于陈平原认为徐枕亚的《雪鸿泪史》是中国第一部长篇日记体小说，伍大福通过对李涵秋人生履历的研究认为是《雪莲日记》（本书采用《雪鸿泪史》为第一部日记体小说）。除此之外，论文着重论述了小说的视角问题，认为第一人称视角是这部日记体小说的特殊之处，并提出了小说内容是对辛亥革命的反思。

对新文学以来的现代日记体小说的研究论文虽然有一定数量，但是都分布在几部重要的作品上，首推鲁迅的《狂人日记》和《伤逝》。对这两篇小说分析的作品很多，比如陆山以叙事学视角来研究《狂人日记》发表的文章《〈狂人日记〉：小说叙事模式的突破与创新》；郭海军以叙事学分析比较两部作品发表的文章《生动而有效的艺术传达——〈狂人日记〉与〈伤逝〉的叙事模式比较分析》。吉林大学王桂妹教授的《文学与启蒙〈新青年〉与新文学研究》一书中，有两个章节专门论述了这两篇小说。一节是《伟大经典的“非特别”结构：〈新青年〉语境下的〈狂人日记〉》，论者摒除了以往把《狂人日记》和时代精神“同构”的研究思路，而是在《新青年》的语境下把小说还原为一个普通文本，来考察新文学经典是如何建构的，并细化研究了小说“文言小序＋白话文本”的格式，论述了文言是《新青年》默认的文字规则，“文言小序＋正文”也是《新青年》中文学文本的最初格式，而《狂人日记》中的小序是一种文学审美意义上的“真实”，使小说“无论是在艺术结构上还是在思想内蕴上都形成了可资阐释的巨大张力性结构和开放式的审美空间”[①]。另一节是《启蒙他人与救出自己：启蒙者的忏悔限度》，论者通过描述“涓生谛视下的子君”和子君的记忆找到了两人记忆中的反差和断点，从而揭示了在这段爱情中，全身心投入的子君并不是被启蒙者，更多的恐怕是女人对爱情的勇敢向往，而不断地旁观审视的涓生则不断地追求着新生，对于子君“死掉”或者“觉醒”都不是太关注，进而论者追问启蒙者忏悔的限度，对于启蒙者来说忏悔实际上是“无过可悔”的。

除了对鲁迅的日记体小说的研究，现代文学中庐隐、丁玲的日记体小说也颇

---

① 王桂妹．文学与启蒙:《新青年》与新文学研究[M]．北京：中国社会科学出版社，2010：95—96．

受关注。奉仁英的《庐隐的书信体和日记体小说的叙事分析》以叙事学的理论分析了庐隐日记体小说第一人称的叙事视角、叙事结构的片段化、叙事时间“现在”的极大化特点。陈静的《女性生命意识的自由伦理叙事——重读〈莎菲女士的日记〉》从叙事伦理学的角度通过个体生死意识的体验和灵肉结合的爱欲诉说来看莎菲所体现的女性生命意识。还有把《莎菲女士的日记》与鲁迅的日记体小说相比较的研究，比如李德尧的《从追求到“悔恨”的心的历程——读〈伤逝〉和〈莎菲女士的日记〉札记》以及宋曦业的《现代文学史上的两篇“日记”》。

越来越多的日记体小说被重视，形成了单篇日记体小说评论和赏析的现象。以前被评论家忽视的作品往往能帮助研究者打开一条新的研究路径。2007 年刘俐俐发表的《日记何以成为小说——以施蛰存〈上元灯〉文本分析为例》，从叙事学角度，以施蛰存日记体小说《上元灯》为例进行文本分析，讨论日记何以成为小说，以及日记体小说艺术价值形成的机制，并得出了结论“日记成为小说的关键在于自我内心叙述话语的形成，日记体小说艺术在阅读中是通过‘离间效果’让读者获得审美”[①]。2011 年段从学发表《〈同情〉：一种被忽略的现代性体验》，这是第一篇研究李劼人的日记体小说《同情》的论文。论者关注现代文学中这种全新的现代性体验，论述小说中的“我”，从接受治疗的病人，通过在医院的观察与体验，完成了灵魂的转变，对他人给予同情，对他者不再是猜忌、怨恨，从而使自身行为“高贵”起来。

在对单个日记体小说作品进行赏析和研究中，著名作家往往被最先关注。在 20 世纪 40 年代，巴金和茅盾的日记体小说是扛鼎之作，也是评论家津津乐道的对象。茅盾的《腐蚀》一直被评论家们从各个角度进行研究分析，林志仪的《尘海茫茫指迷津——读茅盾的〈腐蚀〉》，着重分析小说对国民党黑暗统治的批判和积极的政治影响。郭海军的《关于〈腐蚀〉的叙事学解读》从叙事学的角度分析小说的“日记体”特征。陈锐锋的《试谈〈腐蚀〉心理描写的几个特色》侧重讨论小说的心理描写方面。张椿的《我对评价〈腐蚀〉的一点看法》主要探讨了主角赵惠明的心理特征和日记体小说的写作技巧。相对于茅盾，巴金的日记体小说研究更为丰富，李树槐的《论巴金小说中的第一人称内聚焦叙事模式》集中梳理

① 刘俐俐．日记何以成为小说——以施蛰存《上元灯》文本分析为例[J]．西北大学学报（哲学社会科学版），2007(3)：104．

了巴金中短篇日记体小说的创作情况，并以叙事学理论进行分析，是研究巴金日记体小说的重要资料。袁载莲的《〈第四病室〉中的死亡描写》着力通过病室中的一系列死亡来批判社会的冷酷残忍。冀卫霞的《生存困境中的"一线亮光"——浅析巴金〈第四病室〉》主要从人性的角度来看社会底层小人物的生存困境，体现了作家的人道主义悲悯情怀。宋曰家的《在群体的事业里得到新生——谈巴金小说〈新生〉的主人公李冷》，从《灭亡》到《新生》探讨主人公李冷的性格变化，并集中讨论了《新生》中三个部分的日记，分析小说采用欲扬先抑的方式肯定李冷从个人主义到为群体的革命牺牲自己的奉献精神。

通过对中国现代日记体小说研究成果的梳理，可以看出当代以来对于日记体小说的研究还存在明显的不足。

从整体上来说，目前对于日记体小说的研究缺乏整体性的综合研究。一方面，要么是偏重内容，要么是偏重形式，缺少从文学史的角度结合日记体小说的文体特征对现代日记体小说进行评述。另一方面，大多数是对于单篇日记体小说的挖掘，或者是对于一小段时期的作品的集中论述，没有针对日记体小说的流变作系统分析。很多研究成果浮于表面，没有进行更深入的探究。

从研究的作品来看，并没有对一些日记体小说给予足够的重视，比如学界对于日记体小说的研究大多集中化研究文人日记体小说，或者著名作家的日记体小说，更重视新文化运动时期的日记体小说，而对晚清的日记体小说，20 世纪三四十年代的日记体小说，以及拥有庞大作品数量的通俗日记体小说形成了习惯性忽略。

从研究的立场来看，大多数研究都笼罩在时代精神下，习惯性地沿袭前人学者的定论，而没有仔细地从作家的人生经验和创作心态出发，寻找日记体小说异于时代精神的特质。

二、研究思路与方法

（一）研究思路

综合前文日记体小说的研究成果及存在的问题，本书以《中国日记体小说的现代转型研究》为题，对中国现代日记体小说的流变及其特征进行综合论述。全书分为五章，以日记体小说的兴起—演变—消退为线索，分别论述20世纪10年代通俗日记体小说是如何产生的及其文体特征，新文化运动时期日记体小说书写规范的演变与确立，后新文化运动时期日记体小说的精神特质，20世纪30年代日记体小说如何从“个性”走向“群体”，最终在20世纪40年代成为绝唱。在关注日记体小说形式变迁的同时，也关注其内容、题材不断转变的社会文化内涵，探讨日记体小说与社会文化、人性心理的复杂关系。

第一，考察中国现代日记体小说的形成及演变，时间跨度为20世纪10年代到40年代末。探究日记体小说在20世纪10年代的兴起，传统文类的引入与西方文体的结合，尤其是作为中国古典文学的文类“日记”与“小说”的结合过程，并且综合社会历史变革论述日记体小说的一系列演变和20世纪40年代末的消退。

第二，对于有些研究多倾向于叙述文人日记体小说，本书拟去除作品等级观念，找出文人日记体小说和通俗日记体小说的对峙和互补点，以及它们对现代文学的意义。另外，关于整体和个别方面，找出日记体小说演变的非连续性，或者偶然性的作家和作品，以个别对照整体，看现代文学中被主流母题“屏蔽”的某些现象或者问题。

第三，论述现代日记体小说丰富的内涵，分成几条线索来探究，启蒙叙事中看作品强烈的批判色彩以及对启蒙疏离的一部分作品，使得文学审美更加丰富；革命叙事中体现青年人对革命的热情，对改造社会的决心，以及个人内心的挣扎与矛盾，对战争的厌恶和痛恨；苦难叙事中体现了小人物的人生命运，无奈的生活，死亡的书写，体现了作家们的人文情怀。作家主体对于日记体的书写，蕴含了何种审美心理以及投射出哪些社会文化论题，也是研究的重点。

综上，本书旨在从日记体小说整体演变的角度着手研究，以及发掘大量被遮蔽的文本，力求能够丰富日记体小说这一领域的研究成果。

（二）研究方法

对于日记体小说的研究，目前更多的是关注文学内容本身或者形式的意义，而且多是对于单个作品或者现代文学中精英文人日记体小说的研究，而没有从整体上（演变中，西方外来文学的影响和传统文学的转型；时间上，从日记体小说的兴起到整个中国现代文学；作品中，从日记体小说形式和内容的整体关联和内涵；文学史，日记体小说对于中国现代文学的意义；作品属性，文人日记体小说和通俗性大众性的日记体小说）作出总体综合的分析探讨。因而本书拟通过文体学、叙事学等理论对中国现代日记体小说进行综合性研究，试图对日记体小说的形式、结构、文学价值及作家主体的心理、性别意识等给予深入考察，关注的是文学共时与历时、外在与内在、整体与个别的研究思路。需要辨析的有以下两点。

第一，笔者是从文学体式出发考察，但不是把内容与形式对立起来，而是承认内容与形式是辩证统一的，并且“内容是最终决定形式的因素”[①]。

第二，本书从宏观上运用文体学整理、归纳、分析日记体小说的演变，从微观处运用叙事学进行分析，探索文本中所蕴含的审美、思想、人文心理等意义。对于日记体小说书写规范的雏形、确立，演变的过程进行细致跟踪分析，并以文人日记体小说和通俗日记体小说作为蓝本，进行比较分析，挖掘出文学潮流下的异质。

三、研究范围界定

（一）“现代”的界定

日记体小说是中国现代文学中一种别有意味的小说形式，是伴随着现代文学的诞生而形成的，而对于“现代文学”年份的界定在学界各执一词，近年越来越多的学者打破了1917—1949年的界定，把现代文学的起源提前到清朝末期，比如陈平原的著述《中国现代小说的起点——清末民初小说研究》，从书的名字就可以看到作者的观点，陈平原在新版序言中说此书是“设想中的七卷本《二十世纪中国小说史》的‘开篇’”[②]。他同样认为：“中国现代小说作为一种崭新的小说形态，建立于‘五四’时期。但这种变化的源头，可上溯至戊戌变法前后。‘小说界革命’口号下创建的‘新小说’无论是内容或形式，都已经开始接受西方小说的影响，产生许多新的因素。”[③] 新文化运动时期，中国现代文学建立，但追根溯源，晚清是不能被忽视和跨越的阶段，许多新文化运动作家都受到晚清文学的影

① [捷]库尔特·康拉德．美学文艺学方法论[M]．佟景韩，译．北京：文化艺术出版社，1985：524.

② 陈平原．中国现代小说的起点——清末民初小说研究[M]．北京：北京大学出版社，2005：1.

③ 陈平原．二十世纪中国小说史：第一卷[M]．北京：北京大学出版社，1989：1.

响和启发，“新小说”在清末诞生，并形成了繁荣的创作景观。日记体小说因为域外小说——林纾的译作《巴黎茶花女遗事》（1899年）启迪而成为现代小说的一类文体。在1901年，邱炜爰指出了《巴黎茶花女遗事》“末附茶花女临殁扶病日记数页”[①]的特点。清末小说家、报人徐枕亚在1912年模仿《巴黎茶花女遗事》创作了文末附日记的小说《玉梨魂》，1914年，他将《玉梨魂》改为《雪鸿泪史》，托“何梦霞日记”，创作了中国文学史上第一部日记体长篇小说（伍大福认为中国第一部日记体小说是李涵秋的《雪莲日记》，本书采用《雪鸿泪史》为第一部日记体小说）。从此，日记体小说的创作繁盛起来。包天笑的《飞来之日记》、周瘦鹃的《断肠日记》《花开花落》《珠珠日记》、吴绮缘的《冷红日记》、汪剑红的《学徒日记》等陆续面世。20世纪初日记体小说的创作形成了一个潮流，可见研究中国现代日记体小说不能错过这一重要时期，它是日记体小说现代转型的发轫，因此“现代”一词在本书中包含了清末的19世纪末、20世纪初时期，因为潜在因素的存在，具体开始时间则不必确定。

（二）日记体小说作品的选择

日记体小说的出现无论是在东方还是西方都是晚于日记的流行的，对日记体小说的概念界定也很繁杂。本书根据日记体小说文体形式的特征来选择日记体小说。首先，日记体小说区别于日记体散文，虽然同样是日记体形式，但是日记体散文多为作者记录生活中的事和情感，是在真人真事的基础上加以文学的润色而成。日记体小说则可以是作者虚构的人物和故事。如鲁迅为约稿而写的《马上日记》《马上支日记》，文学性是十分强烈的，但是属于日记体散文。其次，选择全篇为日记体形式的小说，在小说仅仅是插入几篇日记作为故事的辅助性素材的作品不在本书的选择范围。再次，是否标注日期也不是判断是不是日记体小说的标准。没有明确日期标注，但其行文结构符合日记体小说文体特征的，也是被选择之列，同为没有标记日期的笔记体或手记体小说，需由文本内容来辨别作者是否分段、分时日书写，若分时日书写，展现了当下主人公的心理状态，只是没有标记日期，也列入研究范围，比如鲁迅的《伤逝》，虽然没有明确标记具体的日期，但小说是分时日叙述的，也有一条时间的轴线，文中明确的以“一年之前”“交

① 邱炜爰．茶花女遗事[M]//陈平原，夏晓红．二十世纪中国小说理论资料：第一卷．北京：北京大学出版社，1997：45.

际了半年”“去年的暮春”“双十节”“五星期”“冬春之交”“初春”这样的分段时间来叙事，从作品内容和小说的结构来说，这样间隔长短不一的日期，正好利于反映主人公的生存状态和心理情绪的流动。本书中将未标明日期及日期标记不明的日记体小说列入研究范围内，有助于多元地探讨叙事效果。

这里要辨析这类小说和自叙传小说的区别，孙俍工在《小说作法讲义》中将日记体小说定义为“一种主观的抒情的小说”[①]，将自叙式小说定义为“是一种以自叙作为表现的样式的小说，借主人公自己底笔意语气，叙述自己底阅历、思想、感情以及周围之物象等”[②]。可见，自叙传小说往往以作者自身的经历为原型，它们最大的区别是日记体小说是虚构的故事，借助第一人称视角“我”来抒发作者的情感，表达对事物的评判。

① 孙俍工．小说做法讲议[M]// 严家炎．二十世纪中国小说理论资料：第二卷．北京：北京大学出版社，1997：341．

② 孙俍工．小说做法讲议[M]// 严家炎．二十世纪中国小说理论资料：第二卷．北京：北京大学出版社，1997：341．

第一章　中国日记体小说现代转型的滥觞

中国现代日记体小说的现代转型开始于20世纪10年代，这一时期日记体小说的主要类型为通俗日记体小说，这是一个别有意味的创作阶段，它有着所有文体初次登上文学殿堂的通病，也有着初次绽放自我的风采。在一段时间内，文学研究“抱残守缺”，把通俗文学拒之门外，直至20世纪70年代末80年代初，文学研究态势回归多元化，近现代文学格局被重构，20世纪10年代的文学研究被重视起来，日记体小说也被发现。长久的思维惯性为通俗日记体小说贴上了“娱乐性”“消遣性”的标签，但通过对作家与文本的了解，会发现“它所反映的社会面，虽似凌乱无序，但却是琳琅满目、五光十色的，它没有一个先验的程式指定它该写什么，不该写什么，也不负回答社会提出的问题责任和指出社会发展的必然规律。但却为存真作出了重大的贡献”①。通俗日记体小说的诞生和发展为新文化运动时期日记体小说实现现代转型奠定了基础。

第一节　时代机缘与日记体小说的兴起

通俗日记体小说应时代而生，没有西方文学思潮的涌入就没有文体形式的启迪，更不会产生大量的作家在20世纪初的争相模仿之作。值得注意的是，创作日记体小说的作家，大多是工作在新兴现代职业中的传统文人，并且也从事翻译工作，这种属性使其所创作的日记体小说是中西结合的体态，虽然是师法西方日记体小说的样式，但是中国传统文学在日记体形成中起到了重要的作用，可以说，在这一时期，日记体小说更呈现出中国传统文类的特征。这是中国传统小说近代化的结果，即使最初小说近代化的动机是要“以小说治国”，但结果是引入了庞杂的小说种类，作家与读者都有着自己的选择，“创造适当的形式，表现近代人

① 范伯群．中国近现代通俗文学史[M]．南京：江苏教育出版社，2010：6.

丰富的思想感情”[①]才是小说近代化的必然条件。“小说治国”的理念笼罩了十几年后，人们转而从小说的政治题材关注生活题材，以及书写小说的形式，进而出现了传统文类和西方小说文体相结合的文类，并形成了独有的特征，成为新文化运动时期文学真正现代化的奠基。

一、《巴黎茶花女遗事》与通俗日记体小说

探究日记体小说的产生，必然会谈到1899年印行的《巴黎茶花女遗事》。这部小说原著为法国著名小说家小仲马，由晓斋主人（王寿昌）、冷红生合译。冷红生是林纾的别号，因从好友王寿昌口述的茶花女故事中仿若见到亡妻身影，深受触动便译出《巴黎茶花女遗事》。一时之间，女主角玛格丽特成为文人墨客推崇的对象，“《巴黎茶花女遗事》行世，中国人见所未见，不胫走万本”[②]，严复更是以“可怜一卷《茶花女》，断尽支那荡子肠”[③]形象地说明了该书的受欢迎程度。1912年，徐枕亚写作《玉梨魂》，在文中附崔筠倩的日记，第一次把“日记”这种文体引入小说中。1914年，徐枕亚把《玉梨魂》整本小说改写成日记体小说《雪鸿泪史》，受到广泛关注。《巴黎茶花女遗事》不仅仅为中国日记体小说创作提供了形式模仿的范本，更为塑造“玛格丽特”式的人物提供了可能。作为探讨日记体小说的产生契机，也包括这部林译小说诞生之时所映射的社会背景与文学发展状况，都是日记体小说产生的重要因素。

晚清以来，民族危机频发，1894年，甲午战争的惨败，让很多知识分子痛定思痛，开眼看世界。1898年，以康有为、梁启超为首的知识分子发动了戊戌变法，他们主张学习外国先进的科技与文化知识。报刊行业也是在这一时期繁荣起来，传播文化知识、时政评论、翻译文章等。1898年，梁启超在《译印政治小说序》一文中写道：“彼美、英、德、法、奥、意、日本各国政界之日进，则政治小说，为功最高焉……今特采外国名儒所撰述，而有关切于今日中国时局者，次第

① 范伯群．中国近现代通俗文学史[M]．南京：江苏教育出版社，2010：6.

② 薛绥之，张俊才．林纾研究资料：中国文学史资料全编·现代卷[M]．北京：知识产权出版社，2010：91.

③ 严复．甲辰出都呈同里诸公[M]//严复集：第二册．北京：中华书局，1986：365.

译之，附于报末，爱国之士，或庶览焉。”① 主张别求新声于异邦，翻译域外政治小说来作为宣传的工具。这标志着中国作家开始自觉地借鉴域外小说，同时也是创作不同于传统文学的“新小说”的开始。林纾正是在这种时代背景下翻译出《巴黎茶花女遗事》的，很多近现代日记体小说作家都读过此书，在自己的作品之中也都有反馈，如包天笑的日记体小说《飞来之日记》中有人将日记故事邮寄给作者，并在信中说此日记“阅之辄生惆怅……比诸马克格尼尔之日记，将令先生为小仲马矣”②。周瘦鹃在日记体小说的创作中就让书中人物阅读此作品，《花开花落》一文中以讲述者记录的十五则日记来讲述故事，记述“我”与画家的对话，记录对面窗户一名女子的生活实录，文中记录该女子因为失恋而咯血，并因爱痴缠而陷入疯癫状态，吟诵了几句诗句：“少小嗜说部，腹中知几许。一笑投郎怀，同看《茶花女》。”③ 可见，也是把自身比作了玛格丽特。在小说《断肠日记》中，讲述女性人物作者陷入情网，许久不见情郎而哀怨感叹：“入晚，槁坐灯影中，悒悒无复聊赖，箧中所有说部，尽属哀情之作，如《茶花女遗事》《迦茵小传》《不如归》《红礁画桨录》，诸书但能引恨，无以排愁。”④ 小说主人公认为读书能够引起自己的情感共鸣，但是愁绪无处排解，这一感悟既是小说中女子的声音，也是当时许多文人作家的见解，他们用《巴黎茶花女遗事》中的恋爱悲剧自比小说中人物的爱情悲剧，以此唤起读者的共鸣，并且《巴黎茶花女遗事》中的爱情悲剧也让新小说家们争先模仿，这样的悲情才符合清朝末期读者阅读才子佳人小说的氛围。《断肠日记》的序言中也介绍，公布日记的目的是要让天下人都伤心。中国传统文学中的写情传统源远流长，《红楼梦》的悲情风格影响深远，晚清男女对爱情渴求又不得的社会现实也为哀情、悲情小说准备好了生存的土壤，《巴黎茶花女遗事》一译入中国，便“给正炙热起来的小说写情之风无疑又添了一把火，清末10年代那股酝酿已久的感情烈焰终于熊熊地燃烧起来……大约不下百余种言情小说一下子涌上文坛”⑤。这一时期的日记体小说，就是在这样苦怨哀愁的环境中繁

① 陈平原，夏晓虹．二十世纪中小学说理论资料：第一卷[M]. 北京：北京大学出版社，1997：38.

② 包天笑．飞来之日记[J]. 中华小说界，1915（34）：34.

③ 周瘦鹃．花开花落[J]. 礼拜六，1915（8）：40.

④ 周瘦鹃．断肠日记[J]. 礼拜六，1915（52）：43.

⑤ 汤哲声．中国现代通俗小说流变史[M]. 重庆：重庆出版社，1999：81.

荣起来的，徐枕亚的《雪鸿泪史》更是其中翘楚，让无数读者为之伤心、落泪。“可以说，女性的哀怨比她们的美丽更使这一时期的小说作者着迷。”①

《巴黎茶花女遗事》最早对于通俗小说作家的影响是叙述悲情的男女故事，塑造哀怨的、追寻爱情的女性形象，日记的写作形式没有受到关注，《巴黎茶花女遗事》仅于文末附上茶花女临殁扶病日记数页，恰恰为哀怨的内容贡献了第一人称的绝妙视角，把读者带入到了情境之中。徐枕亚的《玉梨魂》在文末也引录了日记来表达女性的心声，收到了良好的效果，以至于把《玉梨魂》全篇改成《雪鸿泪史》，托“何梦霞日记”，自此，完成了清末10年代日记体小说作为文体类型写作的转折。在它之后，《花开花落》《断肠日记》《珠珠日记》《冷红日记》《飞来之日记》等日记体小说陆续问世，形成了一片哀怨别愁的写情氛围。

晚清小说家学写日记体形式，首先是从叙事时间开始的，“钟心青学《茶花女》的‘深情’，何诹学《茶花女》的‘哀艳’，林纾学《茶花女》的‘礼义’，到徐枕亚才开始学《茶花女》的叙事时间（如《玉梨魂》开篇的倒叙手法与结尾的引录筠倩临终日记）”②。《玉梨魂》是《茶花女》引录日记文体的首位学步者，《玉梨魂》在小说的结尾，才在第29章引入筠倩的日记，筠倩早已去世，日记是她留在世上的情绪，这在写作中是一种补叙的手法，这一段内容用日记的形式来书写，一方面在全知视角中介入限知视角，让人眼前一亮。视角的转换一方面是为了让读者更好地带入人物心理；另一方面是为了把情感抒发到极致，读者的视角与人物视角更好地产生共鸣，体会其中丰沛的情感。徐枕亚对《巴黎茶花女遗事》日记文体的模仿，首先不会是因为关注到人物的心理情绪，本质上运用日记的形式是为了故事情节服务的，《巴黎茶花女遗事》中文末附上日记首先就是对情节的转折有着重要的作用，在日记揭露真相之前，男主人公误会玛格丽特是一名贪慕虚荣、见异思迁的女子，直到看到玛格丽特过世之后留下的记录了实情的日记，才明白她是有着高尚的人格的，至此读者恍然大悟。日记的插入让小说悬念迭起，有着吸引人的起承转合，这种布局手法吸引了徐枕亚，他在《玉梨魂》中运用了同样的手法，来揭露女大学生筠倩的内心，也安排了在筠倩去世之后。

① 刘纳．1912—1919：伤心惨目的小说世界[J]．重庆三峡学院学报，1994（Z1）：9.

② 陈平原．中国小说叙事模式的转变[M]．北京：北京大学出版社，2003：48.

徐枕亚的《玉梨魂》一出版，就在当时的社会中产生极大的反响，再版三版至多版，畅销至三十万册左右，甚至被上海明星影片公司搬上银幕。虽然小说本身很畅销，作者徐枕亚却没有获得太多的利益，他又转换视角，把这段哀怨缠绵的故事改编成何梦霞的日记，实际上是他亲自执笔再编写了一部日记体小说《雪鸿泪史》，从1914年5月起，在《小说丛报》连载，共8期，还没有连载结束就刊行了单行本，并将《玉梨魂》作为购买《雪鸿泪史》的赠品，深受读者欢迎。在宣传销售方面，也颇具现代出版行业的雏形，《雪鸿泪史》以单行本出版时，在例言之前没有"题词"部分，而是收录了当时通俗小说家和各地读者的读后酬唱诗词，这一设计是种巧思，一方面一些出名的作家为小说作了推荐，另一方面，运用日记体这种新形式撰写的小说，以传统的诗词唱和营造气氛，又呼应了小说中骈文诗词的运用，形成了独特的风格。"天下共为一哭"这种哀情一出，又符合了我国传统的写情思维，也是《西厢记》《红楼梦》中的才子佳人形象的延续，比如《玉梨魂》和《雪鸿泪史》中都有"葬花"这一重要情节，是白梨影和何梦霞往来定情的契机，这个情节让人想到"黛玉葬花"。著名报人喻血甚至写有《林黛玉日记》，续写了《红楼梦》的故事，这也说明这类哀情小说在当时极其受欢迎，这也是《雪鸿泪史》促销成功的另一个原因。因为以上原因，徐枕亚采取了何梦霞的第一人称聚焦视角重写了《玉梨魂》，他之所以选用了日记体的形式，在书中也有说明：

> 一是书主旨，在矫正《玉梨魂》之误。就其事而易其文。一为小说，一为日记，作法截然不同。一书中人物，悉仍《玉梨魂》原本，间有加入者，情节较《玉梨魂》增加十之三四，诗词书札，较《玉梨魂》增加十之五六，两书抵牾处，附注评语，以清眉目。（徐枕亚《雪鸿泪史》）①

"作法截然不同"，是说写作的方法，说明徐枕亚已经关注到日记体小说的写作方法，并且要依靠这种方法来纠正《玉梨魂》中的一些错误，实际上也是补充了一些内容，"对为什么何、白两人不能成婚的原因作了解释……对何白两人

① 徐枕亚 .《雪鸿泪史》例言 [M]// 陈平原，夏晓虹 . 二十世纪中国小说理论资料：第一卷 . 北京：北京大学出版社，1997：554.

见面为何不说话的原因作了解释……作者显然是在回答《玉梨魂》出版后而引起的各种疑问”。①

二、作者和读者的情感共鸣与陌生感

《巴黎茶花女遗事》虽然广为流传，但有意味的是，当时人们感兴趣的是小说的故事内容，对文末附日记的形式并没有引起讨论和模仿写作。直到十几年后，才出现《玉梨魂》文末附日记模仿《巴黎茶花女遗事》。在徐枕亚写作《雪鸿泪史》后，一批日记体小说集中出现在20世纪10年代的文坛中。这些小说除了《雪莲日记》与《雪鸿泪史》一样是中长篇，基本上都是短篇小说，比如吴绮缘的《冷红日记》、周瘦鹃的《花开花落》、包天笑的《飞来之日记》、汪剑红的《学徒日记》等。在内容上，《雪鸿泪史》把才子佳人的故事发挥到极致，引发了哀情小说的盛行。但是认真阅读，这一时期的小说却把人们对通俗小说的哀情、言情的笼统印象翻新了，在对社会题材的关注和写作上，可以看到作者们的努力尝试。在十多年后出现一系列的日记体小说及追捧小说的读者，这个现象的缘由值得探索。

这与当时的社会状况与文学氛围有关，在西方文学思潮大量涌入的契机中，对新小说作家来说大部分人以小说作为武器，宣扬维新启蒙理想，对抗腐朽的清政府。“两性私生活描写的小说，在此时期不为社会所重，甚至出版商人，也不肯印行。”② 这一时期依赖于翻译文学开眼看世界的读者们，多数看到的是政治小说。除了小说创作者有意为之，这也是一个文学形式诞生之初发展的必然阶段，读者需求和市场需求终会使得小说内容与形式由狭窄变得丰富，经过十多年的发展，新小说产生了多种类型，并且创作者也极力创作时下最受读者欢迎的题材。日记体小说的成功归根结底是触发了读者追求真情实感的阅读体验感。

日记的属性是私密的，本身有着记录作者真实经历和真实感受的特性。朱光潜评价日记之所以吸引人，是因为“我们都是人，了解人性是人性中一个最强烈的要求，我们都有很浓厚的好奇心，要窥探自己的深心的秘密和旁人的深心的秘密。在要求了解之中，我们博取同情也寄与同情。我们惊喜发现旁人与自己有许多相同，也有许多不同。这世界不是一个陌生的世界，却也不是一个陈腐单调的

① 汤哲声．中国现代通俗小说流变史[M]．重庆：重庆出版社，1999：81.

② 阿英．晚清小说史[M]．南京：江苏文艺出版社，2009：5.

世界”[①]。类比到日记体小说，这揭示了一个读者与作者之间的默契，即寻找共鸣和陌生感，寻找和自己志同道合的情感，以及了解与自己完全不同的生活方式、意见想法等。如包天笑的《飞来之日记》，在小说之前种种设计，点明并不知道日记作者是谁，有人把书稿邮寄过来，并且邮寄书稿之人也是在旧书中发现的日记，因感同身受，邮寄过来希望包天笑润色刊载，之后故事层层展开。一是表露邮寄者与写日记者与包天笑对日记内容有着情感共鸣；二是神秘的设定，增加了日记的私人性，使读者好奇心加重，想看看日记内容缘何受到多人青睐，辗转刊出。晚清时期，由于社会经济的发展，交通上给予了人们很多便利，但真正意义上的信息的传递、思想的融合还是小范围的，很多青年人或者市民都拘囿在自己狭窄的生活圈子中，很难开阔视野。随着20世纪出版业的发展，杂志和书籍成为了人们获取信息的主要渠道，虽然相比欧美、日本等国家，中国晚清至新文化运动时期的出版书籍规模仍然落后，但对于当时的社会状况来说，无疑是有很大冲击的。在可查询的刊物杂志中，“1902年梁启超统计全国存佚报刊时列有124种……到1921年，全国已有报刊1 104种，而到1927年，据统计全国共有报刊2 000种之多”[②]。报刊喷发似的出现，使得“日记”这种私人化的文体被刊载，更多的人看到了某个人的生活、情感、想法。但中国日记文学却有著述化的特点：“中国古代传下来的日记恰恰多为逐日记见闻的‘著述’，这就难怪很少见家常生活的记载与个人情感的抒发。”[③]日记体小说的优势就突显出来，它是以一种与读者对话的形式，是从生活提炼的戏剧化的内容组成的，让想要找到共鸣或者陌生感的读者耳目一新。

在通俗日记体小说的作者中，大多数人都身兼报刊的编辑或创始人。如徐枕亚加入南社后，在《民权报》担任新闻编辑，后又担任《小说丛报》的主编，创立了清华书局。周瘦鹃曾任《礼拜六》《申报·自由谈》《半月》《游戏世界》等杂志的主编。包天笑曾任《小说时报》《妇女时报》《小说大观》等报刊的主编。李涵秋曾担任《小时报》《小说时报》等刊物的主编。这些报刊的工作经验使作者们站在与民众沟通的前沿，最能了解读者的需求，而为了报刊的销量，就会创

① 朱光潜．日记：小品文略谈之一[M]// 郜元宝．谈读书．天津：天津人民出版社，1998：129—132．

② 陈平原．中国小说叙事模式的转变[M]．北京：北京大学出版社，2003：255—256．

③ 陈平原．中国小说叙事模式的转变[M]．北京：北京大学出版社，2003：196．

作符合读者需求的作品，如徐枕亚写作《玉梨魂》就是因为《民权报》除了刊载政治方面的新闻、文论，文艺版面也有一版以上的版面。为了报纸创收的利益，徐枕亚尝试以自己的经历为蓝本，连载小说。很多报刊都是这种经营模式，取悦读者，这也是通俗小说历来被评论者诟病的原因之一。在作家们与读者形成这一写作—阅读的链条时，相互作用是巨大的，通俗小说的兴盛与读者群的出现是分不开的。除了对政治的失望而把注意力转向哀情、言情等其他方面的外因，读者与作者能够在日记体小说这个“平台”上形成对话还有教育体系的因素。八股取士制度是 1902 年废除的。一般儿童幼时入学，在十三四岁已经完成了系统教育，在 20 世纪 10 年代小的说繁盛时期，最后一批受八股文训练的人成长为青年，正是写作、阅读人群的中坚力量。以《雪鸿泪史》的成功为例，小说中大量的诗词应答、骈文写作受到读者的追捧不得不说与教育有着潜在的关系。

时代机缘，在 20 世纪 10 年代时期，日记体小说的文体形式形成了，最终的完成却在新文化运动的新文学时期，但没有新小说家的尝试和开拓就没有后来的新文化运动作家们的硕果累累，与之相对的，无论是工业印刷技术的普及还是市民阶层读者群的扩大，都是影响日记体小说形成的不可缺少的因素。追根溯源，揭开 20 世纪 10 年代初日记体小说形成的面纱，发掘它们在这一时期存在的特点，对于中国现代日记体小说的整体流变有着重要的意义。

第二节　文体的产生:《雪鸿泪史》的成型过程

通俗日记体小说相较于新文化运动时期及 20 世纪二三十年代的日记体小说创作，最大的特点是其与传统文学关联比较大，同样是受到域外小说的启迪，但对现代文体的运用更多的是模仿，是吸引读者的方式，发自内心的应用日记体的形式在 20 世纪 10 年代初期还未见端倪。在众多的作品中《雪鸿泪史》无疑是最引人瞩目的，多年来，被评论者从多种角度挖掘其价值意义，无论是“才子 + 佳人”模式还是“爱情 + 革命”模式都为其文本解读增添了多种可能。笔者看来，其成文过程就是令人深思的课题，其成文与作者徐枕亚的自身经历有关，以徐枕亚为媒介，小说与 20 世纪 10 年代的社会状态、人际关系等有了宏观的深入连接。

徐枕亚，生于1889年，1937年冬在老家江苏常熟穷困潦倒去世。他出生于书香世家，家中还有兄姐，祖父徐鸿基是当地名儒，父亲徐懋生善作诗词歌赋，他从小学习诗词歌赋，长大后入读新式学堂——常熟虞南师范学校。1909年，徐枕亚在无锡西仓镇湾西小学当教员。他爱上了当地著名书法家蔡荫庭的守寡儿媳妇陈佩芬，被人知道后，逃到上海，被陈佩芬安排娶了陈的侄女蔡蕊珠，两人感情很好，但蔡被婆婆和小姑虐待致死。他对于陈佩芬也没有忘情，1920年在卧室仍挂着陈的相片。这一段人生经历是其创作《玉梨魂》的基础，因此小说情节才能引人入胜。文中主人公与筠倩的婚姻就是因为他与梨影的情感被人发现，因社会压力而不得已为之。同时，这段人生经历也是《雪鸿泪史》成书的基础。日记体小说本身就有日记“私密性”的特点，虽然著述化之后已经成为写给他人看的日记，但故事由自身经历写成又具有作者的鲜明个性，即使到了新文化运动时期，大多数作者对于日记体文学的创作，最初也是以自己周边生活为蓝本的。

虽受到西方译介小说的影响，形式为日记体小说，但《雪鸿泪史》的写作显然也是传统文学的一种延展，即使在激烈的与传统断绝的新文化运动时期，深受传统文化影响的作家们也是在潜移默化地创造性转化了传统文学，使其在跟随西方现代化的转变过程中具有中国特色。在20世纪10年代初期的日记体小说创作中，《雪鸿泪史》作为影响最为深远的长篇日记体小说，其写作的传统笔法、引入的传统文体及史传与诗骚传统，与日记文体结合，形成了当时具有代表意义的写作方式。

《雪鸿泪史》虽然采取日记体裁，却不是分日书写，而是把传统章回体转变成分章分月书写，前十三章每一章是一个月份，第十四章则以倒叙的书写方式交代了半年的故事情节，用大量的篇幅来叙述故事削弱了日记记叙人心理情绪的特点，当时章节概念还深深地根植在20世纪10年代的小说家的意识中，大幅度时间跨越的日记是比较取巧的，可以集中连贯故事情节，不会被细碎的时间分割，但在转化的过程中还会有生硬的痕迹。“余”是小说的第一人称视角，文中往往会突然把第一人称转化成第三人称视角为读者解释故事细节，比如小说第一章中写道：“余日草此不详之日记，以写此可怜之家庭闷苦甚，亦局促甚，余亦不知。余之心思如何开拓，余之篇幅如何发展，长此以往者，余且病而日记之资料且穷。”①

① 徐枕亚．玉梨魂 雪鸿泪史[M]. 北京：北京燕山出版社，1994：188.

姐姐领着外甥归宁时，称姐姐为“余日记中开辟新世界之哥伦布”[①]。类似于这种注解文中还有多处，消解了第一人称视角的真实性，显露出写作日记体小说的刻意性。

徐枕亚在撰写小说时，除了引入日记，还引入了书信、游记等传统文体，此处的“日记”指的是中国传统文学中的“著述化”日记。日记原本是写给自己看的，但中国传统文人的日记往往要“借出”“传抄”或者出版，写起来不免有些“做作”。晚清的时候还出现了记游日记，即逐日记下出外游览所见来供人查阅的“著述化”日记，也正因此，日记著述化有助于日记体小说的萌生。在例言中，徐枕亚说明《雪鸿泪史》不是“小说”，而是“书”，它的主旨是“在矫正《玉梨魂》之误”。小说题目中的“史”字用得巧妙，有为《玉梨魂》正名的功用，为此，在《雪鸿泪史》中徐枕亚把《玉梨魂》中的故事作了调整，以符合文题和写作初衷，最明显的调整是徐枕亚在《雪鸿泪史》的写作中作了更多的铺陈，《玉梨魂》的第一章是葬花，小说是从何梦霞做了崔氏的私塾老师之后，因葬花被白梨影看见从而结缘，后简短介绍了何梦霞的身世。《雪鸿泪史》把小说男主角何梦霞的人物背景从开篇就完整地描述出来，过世的父亲、年迈的母亲、背井离乡的哥哥、贤惠的嫂子、出嫁的姐姐等，并讲述了他身负学识不得志，如何听从大家规劝谋得职业，如何到锡北螺村任教的过程，这很符合传统故事、话本的写作结构，从“头”开始，并且把《玉梨魂》中省略的家庭人物之间的感情细腻地表达出来，颇有摆“正”姿态、把“泪史”表现出来的气势。文中还有多处铺展，比如姐姐带外甥归宁，这段归宁也颇费笔墨，因为姐姐的归宁，一家人在一起消遣掷骰门叶，掷大观园行乐图，“余”掷的是宝玉，又把一家人自比了《红楼梦》中的人物，但是其与主线故事关系不大，写这个人物和这一情节的目的是什么？是在铺垫家庭关系，彼此的羁绊，突显亲情在何梦霞心中的重要性，使小说的故事更丰厚，突出“史”的特征。

游记是传统文人比较热衷的写作文体，徐枕亚在《雪鸿泪史》第一章、第二章、第三章和第五章等有着明显的植入，第一章中何梦霞回忆自己年少出游的情景，并作诗一首，父亲评论伤春悲秋。“余身难拔俗……自与仆仆城市者异其志

① 徐枕亚．玉梨魂 雪鸿泪史[M]．北京：北京燕山出版社，1994：189．

趣。”① 正元节描写热闹场面，何梦霞赏月不赏灯，又回忆起十岁时候与父亲游览灯市，赋诗一首，获得父亲称赞。第二章讲述课后小游的情形，何梦霞与友人杞生到北岸荒野乡村看到乱葬暴棺的现象，棺材破碎、白骨累累、空气恶浊，暴棺者大都是乡村的贫农，梦霞不禁生出感慨，认为这一现象不道德、不卫生，批判“是乡固不乏坐拥厚资者，而为富不仁，熟视无睹”，在归去时，却“拾得胫骨一小枚，以为兹游之纪念”。② 这是游记文学的标志，作者常常以景观中的一物作为出行的纪念，但刚刚才批判了尸骨遍野的乱象，就拾骨作纪念，不得不说，这个行为也削弱了作者的批判力度。在回到住所后，又由此游记引出当地鬼神志怪的历史，听乡人说，数百年之前，本地为“丛葬”之所，地下为百年层叠的枯骨，“鬼不能安，故时有啸于梁而阚于室者”。又讲居住工作的校舍为秦氏义庄，“讲堂之后，木主累累，不知几百，”去年六月有人看到，“月光之下，曾亲见一红衣女子，掩映桐阴，冉冉而没”。③ 虽然作者将此事都认作了谣言和封建迷信，但大篇幅介绍当地的“鬼”历史，颇有些故意写出这些离奇传说，让读者好奇闲谈之意，以增加小说的“趣味”。第五章则记录赴鹅湖参观时的所见所闻。游记文体融入小说中，以第一人称视角讲述自己的见闻，作者的笔锋得随人物作者的足迹和眼睛移动，而在游记的段落中，记录的是他者，何梦霞往往只能充当旁观者，而不是当事人。游记能给读者以真实感，仍然是限知视角叙事，但不再追求讲述者的内心真实情感的表达，而是作者对于见闻的客观记录，也正是这点，使日记体小说的特征被限制了。

我国历史悠久、传承深远的史传与诗骚传统也体现在小说中，并且在一定程度上瓦解了古典小说的叙事文体，在中国文学的现代转型中逐渐内化为审美内涵。就《雪鸿泪史》而言，如前所述，它采取日记体裁进行创作，并以“史”为题目，带有考证历史的意味，小说中对于何梦霞完整一生的叙述，也颇有为他立传的意味。而诗骚传统主要体现在大量诗词引入小说，《雪鸿泪史》全书诗词书札，较《玉梨魂》增加十之五六，共引录诗词二百余首，何梦霞与白梨影因为诗词缘起，中间心生误会，又以诗词化解，诗词较为含蓄，能够把他们当时不容于世的爱情隐晦地表达出来，符合才子佳人的古典形象。徐枕亚在小说创作中引入大量的诗词，

① 徐枕亚．玉梨魂 雪鸿泪史[M]．北京：北京燕山出版社，1994：192．
② 徐枕亚．玉梨魂 雪鸿泪史[M]．北京：北京燕山出版社，1994：201．
③ 徐枕亚．玉梨魂 雪鸿泪史[M]．北京：北京燕山出版社，1994：203．

一方面这也许与他本是诗词能手有关，徐枕亚为能诗善词的才子，小说中穿插诗句正可投合读者的喜好，又可彰显自己的才华，也能体现小说的“地位”，传统文学中文中描写诗词对答是强调作品为上等；另一方面，诗骚传统的最大特点是能表露真情，表达人物的情绪。表达内心情感这一点被后来的新文化运动文学作家们发挥开来。在《雪鸿泪史》中，诗词的引入有一个积极的功用，由于何梦霞和白梨影大部分时间都无法相见，只能用诗词传递情感，这时候诗词就代替了情节，为剧情作了很好的衔接，这样安排布局合理、情感合理、身份合理，又是第一人称视角，诗词读来代入感强烈，能够体会人物间的情绪变化。比如在小说的第四章，何梦霞情伤又感怀自身不得志而得病，白梨影碍于“礼”，不能亲自探病，就令儿子鹏郎带来两盆花并赋诗两首，表达慰问之情：

（大一品）
一品名休羡，家贫无好花，
素心人此夕，应共惜芳华。
（小荷）
故与淡烟遮，销魂是此花，
借兹情种子，伴尔病生涯。[①]

何梦霞读诗之后，“余病中得此多情之抚慰，良胜于苦口之药石。而案上之盆兰，阵阵幽香，由鼻观沁入心脑，更觉神清气爽，心胸豁然，病竟若失”[②]。这里作者安排得恰如其分，与小说情节极尽贴合。当然也要承认，小说中有些诗文答对过于繁冗，有卖弄才华的嫌疑。

由此可知，《雪鸿泪史》文体的最终形成，既有域外小说的启迪，也有传统文体的引入，说明《雪鸿泪史》不仅吸收了《巴黎茶花女遗事》的叙事特征，更将日记体小说深植于中国文化的土壤中。这说明中国现代日记体小说在发展初期并非完全对外国文学的照搬，而是更大程度上忠实于中国传统文体意识，“形式要素常常被转移到另外的文类参与了新文类的文体建构”[③]，这也是中国传统文类

① 徐枕亚．玉梨魂 雪鸿泪史[M]．北京：北京燕山出版社，1994：224．
② 徐枕亚．玉梨魂 雪鸿泪史[M]．北京：北京燕山出版社，1994：225．
③ 陶东风．文体演变及其文化意味[M]．昆明：云南人民出版社，1994：83．

在现代文学转型中的一个参与过程，日记体小说《雪鸿泪史》作为这一时期影响最大的作品，它的特殊性在于它既接受域外文学的启迪，也接受中国传统文体的交叉渗透；既为新文化运动时期日记体小说的成熟奠定了基础，也体现了域外小说的文体形式最初进入20世纪10年代初期文坛的书写样貌。

第三节　通俗日记体小说的文体特征

《雪鸿泪史》问世之后，又有数篇日记体小说集中出现，形成了20世纪10年代时期具有一定特征的文体样式。虽然相比较新文化运动时期的作家们，通俗日记体小说的作者对这一文体运用得并不熟练，但也正是这一时期大量的写作，促成了日记体的知名度，让更多的人认识到这一“便宜”的文体，累积了读者群体和创作群体，下文将具体论述其文体特征。

一、观察者与实录见闻的笔法

第一人称限制性叙事视角是日记体小说的首要特征。在日记体小说诞生之前，我国古典小说中也有采用限制性叙事的例子，比如唐传奇中的一些故事、明清笔记小说等。但是这些对于20世纪10年代新小说家却没有太多的启发作用，第一人称限制性视角技巧的逐步运用仍然是因为西方文学的启迪，归根结底，新小说家们没有能够完全摆脱传统全知视角的影响，以及讲故事的心态，大多数作家们的日记体小说仍然是一种记录、观察的见闻，而不是自己真情实感的流露。

限制性叙事视角的魅力是只叙述自己的见闻和感想，对于自身视野之外的事情不能直接地展现，所以对于读者来说有种代入感，缩短了人物与读者的距离，同时还能设置一些故事悬念，引起人们的好奇心。例如包天笑在1915年创作的《飞来之日记》中，以一名闺中女子的口吻诉说少女的心事。少女在日记开始时沉浸在伤感中，并且也有着当时的流行病——咯血，读者跟随少女的口吻探寻她背后的故事。1918年，喻血轮（绮情）写作《蕙芳秘密日记》，小说中蕙芳拒绝了紫宸的求爱，与保罗私订终身，但紫宸却仍然向蕙芳的母亲提亲下聘，以至于母亲逼迫蕙芳嫁给紫宸，这正是借助第一人称的限制性视角制造了矛盾冲突。内聚焦视角无法进入非叙述视角人物的内心世界，读者便和人物一同领受挫折、无奈，无从得知结局为何。不过，此时的日记体小说在运用内聚焦视角时还不能得心应手，有时候为了“讲故事”，要插入作者的话语，对情节进行解读。比如《飞来之日记》中，女主人公诉说要为母亲三十生辰庆祝，这时候作者在后面括号里说明，“按此必为继母”，将营造的第一人称视角的氛围打破了。

通俗小说家对于小说的故事性有强烈的追求，即使运用了限制性的视角，也会千方百计地运用其他方式，将第一人称视角不能表达的内容讲给读者，这是通俗小说家写作日记体小说的局限性。新小说家往往除了直接在文中以见闻者的身份表态，常常还要转录他人的话语或书信来记录重要场合，来推动故事发展或增加故事的曲折性，例如《林黛玉日记》中写道：“……以上的情况，都是宝玉告诉我的，究竟薛姨妈和她的子女怎样，我其实不知。”① 表明她是由宝玉处听来的。又如《蕙芳秘密日记》中，6 月 14 日“闻素贞病”一日的日记，转载了将近千字的书信内容，来交代自己无法亲身经历的事件。另外，《雪鸿泪史》中更是大量转录何梦霞和友人及白梨影的书信内容。

第一人称限制性视角在通俗小说家这里没有真正地展示其效用，但在一定程度上使日记体小说创作成为一种潮流，使人们认识到这种文体能够吸引读者，便于表达。本质上第一人称限制性视角是能够更好地展示人物的内心世界的，但由于审美的限制，通俗小说家更多地运用这种视角去观察、去记录。这种舍弃内心的表达不是有意的，当时的人们还不能回应内心的真实呼唤，所以，人物的命运、情感多数为外界的变化所触发，读者与人物的内心是有着一层隔膜的。如周瘦鹃的《珠珠日记》，全篇有八则日记，记录的都是珠珠在生活中的日常琐事，观察到外界人事的变化，便心有所感。她记录参观孤儿院的情形，见孩子懂礼让，则惭愧地决定“后设有所得，即一一让之阿兄”；上学途中，看到两个孩童殴打一个孩童，便特别气愤；观察到路边的污水和山间的清泉作对比，想到人性的善恶。《花开花落》《断肠日记》中的人物视角也是以观察记录见闻为主，尤其是《花开花落》，内容从小说家的所见所闻开展。小说家和画家观察对面人家的女性，十五则日记皆为女性生活实录，虽然也体现了女性人物内心的情感，但小说家却只是一名观察者，他没有自我的情绪。

① 绮情．林黛玉日记（白话本）[M]．钱巍，译．北京：中国妇女出版社，1993：19．

通俗日记体小说，相较于新文化运动时期新文学日记体小说，除了语言上运用半文半白的差别，第一人称视角聚焦的焦点，才是最明显的分别。通俗的日记体小说没有脱离古典小说创作的藩篱，各段日记依照事件的产生、发展、结果来建构全文，以情节为主线。而新文化运动时期日记体小说则不然，它不关注情节的连续性和完整性，每则日记虽然依时间顺序来安排情节，但情节与情节之间，主要以人物的情绪流动进行贯通，所以通俗日记体小说与新文化运动日记体小说有着鲜明的区别，最重要的就是，第一人称视角聚焦的转型，由向外聚焦转为向内聚焦。

二、叙事结构的特征

（一）双层叙述的框架形式

日记体小说的创作，在 20 世纪 10 年代时期有一个有意味的设计——双层叙述框架，顾名思义，有双层文本，通常在日记体小说文本之外还有一个叙述框架，指的是日记前设计的小序或者日记结束后的说明，由此也产生出两个不同的叙事视角，序言中的人物可以称之为外叙述者，日记本身的人物视角称为内叙述者。小说前的小序由外叙述者来记述他如何得到这篇日记，解说日记的来源，证实日记的真实性，暗示读者此篇日记并非自己创作出来的，以拉开自己与内叙述者的距离。在《珠珠日记》中，外叙述者为作者周瘦鹃，在小序中描述慈母对他嘘寒问暖的家居生活，抒发了“慈母，直较百千万之巨产为尤可贵”[①] 的感想，然后说明日记的来源：“吾知友慕琴……则立出一裹授予，谓此裹殆为君友所遗，寄至中华图书馆编辑所者，君或不即出，故吾为君代取……启视之，则为西纸簿一，上署时日，似为日记。”[②] 又引录日记所附书函及该篇日记，在日记之后，附上对于珠珠投稿日记一事的评语，为非叙事性话语。这样在正文的前后铺排了作者本身的生活情境，与日记中所倡导的与人为善和儿女孝道有呼应的关系，又脱离了日记本身，以外叙述者的身份诉说着日记不是自己虚构的故事，是读者的投稿，并且对日记内容进行评论，这样完整的双层叙事结构就诞生了。又如《蕙芳秘密日

① 周瘦鹃．珠珠日记 [J]. 礼拜六，1915（73）：3.

② 周瘦鹃．珠珠日记 [J]. 礼拜六，1915（73）：3.

记》中也有对日记来源的交代，称自己是无意中捡到的，并且简要说明日记的内容，对日记进行简单的评价："今春余由汉赴沪，于轮舟拾得日记一册，字迹婉秀，知出女子手，册面署蕙芳二字，想即作者芳名也……其中所叙，多半涉及儿女情爱，花前月下，无限相思……作者殆亦多情女子欤！此外于姊妹行之调笑，及学校中种种生活，亦蔑不备载，有庄有谐，有情有景，细加玩索，如置身群芳中。"

双层叙事的框架中的外叙述者也充当着解读文本的角色，在读日记之前，就已向读者分析了内容，使读者阅读更加容易，但也会冲淡读者的阅读想象。如《断肠日记》的外叙述者周瘦鹃，说明《断肠日记》是朋友从卖菜佣处购得，转赠给他"忍痛录之"，在小说开篇又假想了一则故事，猜测写日记的女性作者痴立高楼风中，发出凄咽之声，"吟声未绝，钗戛然消退，左手中一袖珍之册亦飘堕，与断钗同掉楼下，顾彼人仍弗觉"①。外叙述者想象的画面，已为读者描绘好一名悲凄女子的形象，而日记末尾所附诗句为内叙述者的自评词，诗中"敲碎玉钗红袖冷"句，仿佛呼应外叙述者假想的画面。李涵秋的《雪莲日记》则是在小说结尾设定了外叙述，内叙述者为雪莲，结尾叙述"雪莲日记至是可谓一小结束，盖是日以下所记均余在校举动及功课等琐事，与涵秋先生编为小说之宗旨不同，故删节，以上所述均余身受，无一语诬罔"②。通过雪莲的叙述揭示了小说是作者李涵秋润色、编写，故事来源是雪莲。

双层设计使外叙述者在形式上能导引出整篇小说的主角——日记部分，外叙述者这一层次的叙事，增加了日记本身的神秘性，其功用也是增加日记的真实性，也能够为日记阅读铺垫背景资料，并且能够附带作者的评论。这些日记体小说往往还有一个特点，外叙述者通常都是男性视角，而日记的写作者大多为女性，女性往往体弱多病、多愁善感。这种对于女性情感的凝视，既有其进步的一面，也有其承继古典文学中女性形象的刻板的审美印象的一面。

（二）非叙事性话语的运用

非叙事性话语指的是不属于故事叙述中的话语，而是作者加诸在作品之中的。讲述者把自己的评论掺杂在小说创作中，具有两种类型。

第一种类型是作者充当外叙述者，直接评论故事情节或者人物。通常这类小

① 周瘦鹃．断肠日记[J]．礼拜六，1915（52）：40.

② 李涵秋．雪莲日记[J]．妇女杂志，1915，2（7）：21—22.

说是双层叙事结构，如周瘦鹃的《断肠日记》《珠珠日记》的外层结构中的非叙事性话语，明确地指出日记全文的中心思想，有指示题旨的功用。《珠珠日记》中，不但在小说正文之前有小序加以说明文稿来源，小说结束之后还有作者的评论，并且二者遥相呼应，文字数量可单独成篇，在小序中，作者由自己久病初愈开篇，观室外景色是入秋的斜阳，不禁感慨光阴易逝，世事难料，“吾人厕身斯世，亦如漂流过客，悠悠数十年……迨至数十年后一棺既盖……争名夺利无一非空”①，然后情感一转，引出母亲来探病，不禁感动于母亲爱子之深，重燃对生活的期许，在小说结束后的附记中，作者周瘦鹃虽认为珠珠“方在髫年，已孝亲之道”②，殊属难得，却也提出忠告。既自拟女性创作日记来共同标举孝道，又提升作者地位指导女性人物，劝她莫有夙慧，可知作者现声的非叙事性话语，不仅与人物角色一搭一唱，以指示题旨，还能自我提升地位，凌驾于人物之上。这样大篇幅的外叙述创作是少见的，作者的用意非常明显，小说内容反而成为了论述作者观点的脚注。

第二种类型是作者不会明确发声，但他的“声音”渗透在外叙述者的言语中。如《雪鸿泪史》《林黛玉日记》《蕙芳秘密日记》《花开花落》。《林黛玉日记》改写自《红楼梦》，原著中黛玉向紫鹃表达自己的身子是干净的，希望有人把她送回去，是说自己未许亲，希望亡故后遗体能落叶归根，但《林黛玉日记》的“身子还是干净的”却不是许亲的概念。《蕙芳秘密日记》中也有“余心虽胡涂，而身犹干净，虽死不至遗姊辈蒙羞”一句话，两书的作者喻血轮透过人物所表达的，是女子贞节至上的思想，若失节将有辱长辈。作者身为《红楼梦》的读者于重写时填补入他对原著的想象、理解，让人物代替他传达出贞节观。李涵秋在1915年于《妇女杂志》连载的《雪莲日记》中，以满族人雪莲为视角，表达在武昌起义后，北军进驻扬州，雪莲一家人辗转逃亡的见闻。时人认为是社会小说，亦有游记小说的成分。李涵秋在小说中以姐妹星莲和雪莲作对比，对于星莲这种打着自由恋爱的口号，受人引诱失去了贞洁，进而堕落的女子，是痛恨的；对于“深明大义”的雪莲守住贞洁，甚至听说夫家遭难后，几乎自尽相殉的行为给予赞赏。这表达了作者对女性的观念，固然坏事做尽的星莲要被批判，但是“道德正

① 周瘦鹃．珠珠日记[J]. 礼拜六，1915（73）：1.

② 周瘦鹃．周瘦鹃文集[M]. 上海：文汇出版社，2010.

确”的雪莲未免有些程式化，没突出其内心所感。有时作者渗透入叙述者的言语中，会消解掉日记体小说原本建构的真实感，比如《雪鸿泪史》中“知一点灵犀，已早作来日大难之警告，而当时固未之觉也”[①]，《雪莲日记》中也出现“余书至此，余亦何忍再暴吾星姊之耻，读书诸君，想能于余词旨之外寻释之也”[②]，这些话语都体现了所谓日记其实是作者虚构的。

（三）日期标注的非连续性

中国现代日记体小说一般按照自然时间的顺序标注日期，也有不标注日期的，近似笔记体小说。日期之间一般具有连续性，每篇日记按照故事的要求省略时日，配合故事发展而可长可短，比如《雪鸿泪史》就是每月一记，可使故事相对集中，也有突然间大段时间的间隔，通常小说中的人物会在下篇日记中说明为什么会相隔这么久，也会说明这些天发生了什么事情。例如《断肠日记》3 月 5 日：“今日何日，吾乃犹得见郎一面耶。”[③]3 月 19 日：“予未拈笔作日记者，已两星期。三月六日之病，不一日而瘳。”[④] 在 3 月 19 日的日记中说明了前两个星期没有写日记的原因，这也是体现日记体小说真实性的手法之一。

还应注意的是，日记体小说的叙述时间都是当下的时间，都是现在进行时，日记与日记之间的时间空白也会引起读者的想象，故事情节越细致，留给读者的想象空间越小。这在新文学时期尤其体现得明显，留白是写作手法成熟的标志。而在 20 世纪 10 年代初期，这种空白的留置一般不是有意识的，但也起到了一定的效果。如《林黛玉日记》的人物常常自行衔接两则日记，前一日黛玉猜测薛家人的性格，后一日则以“隔了一天”来进行转折，记录薛家母女到府的情况。《林黛玉日记》并未标示日期，作者也许是考虑到读者不清楚时日安排的状况，才加以提醒，但在文学艺术上，信息较多的结构会压缩读者的想象空间，且这些指示时间的转折用语，暗示两则日记是于同一个时间点写成，将破坏日记体裁的可信度。相比较，汪剑红的《学徒日记》尝试去除紧密连接的日期格式，小说讲述主角人物幼年失去父母，被姐姐照顾长大，为求生计，到恒源钱肆做学徒的经历。

① 徐枕亚．玉梨魂 雪鸿泪史[M]．北京：北京燕山出版社，1994：229．

② 李涵秋．雪莲日记[J]．妇女杂志，1915，2（7）：20．

③ 周瘦鹃．断肠日记[J]．礼拜六，1915（52）：50．

④ 周瘦鹃．断肠日记[J]．礼拜六，1915（52）：51．

小说设计得比较写实，采用了时人常用的农历日期为日记标注，并且在日期节点上较好地融入了小说的情节和作者的意愿。第一篇日记记录“二月某夕十时许”①，第二篇日记以“是日”开篇，集中讲述一个连续事件后，下篇日记则是“今日十一矣。余来此已十日”②，并指出做学徒十天有一日假期的规定，由此引出归家和姐姐团聚的故事，因为是以钱肆的工作为题材，故事都在这里发生，对对账、上班的时间比较敏感，所以作者设计的日期往往精确到时间，而日记之间的空白，读者会自动解读成千篇一律的工作日常，就省略叙述，小说中多用“今日”作为每篇日记的时间记录，自然流畅，也会给人以真实感。

通俗日记体小说大体上遵循着日记体小说的书写范式，有着西方日记体小说的特征，但并不意味着这是日记体小说真正的现代转型，日期程式化、缺少内心情感的表达等都是它的缺点。此时期的文本仍处于文类复合体的阶段，作者有意识地模仿西方文体，将中西各种形式要素按照一定的模式杂糅在一起，但没有娴熟的手法，因此常常出现矛盾的情况。此外，这一时期小说文本虽然也受到域外文学的启迪，但它还没有走出传统文体的藩篱，观察各篇小说的结构，外叙述者或人物时常先自叙事世，把事件背景信息交代清楚，并不是直接进入小说的内容。在承续中国的诗骚传统方面，不仅《雪鸿泪史》大量引录诗词，《花开花落》《断肠日记》中的人物每每于抒情写景时便展露才华，赋诗一首，通俗日记体小说有诗才有文笔，各种文体互相渗透，这是新兴文体的普遍特征。到了新文学时期，日记体小说迅速发展并成熟起来，正式完成了现代转型，成为抒发情感的一类文体。

① 汪剑红．学徒日记[J]．小说月报，1917，8（1）：1．

② 汪剑红．学徒日记[J]．小说月报，1917，8（1）：3．

第二章　新文学精神衍生出的日记体小说

“新文学”指的是新文化运动时期产生的文学样式。新文化运动是我国文学发展历史上一条重要的分界线，我国文学在新文化运动前后的变化是极为明显的。新文化运动时期突出一个“新”字，新的文学，不仅仅是语言、结构、故事、人物的新，更是新的思想、新的情感。

日记体小说在新文化运动时期迅速发展起来，无论从作品数量还是质量都有了很大的提升，归根结底，是因为日记体小说的文体更便于抒情。通俗日记体小说著述化倾向明显，记录见闻的小说居多，比如《花开花落》《飞来之日记》。而新文化运动时期日记体小说更多的是记录作者内心的情感，表达个性。庐隐曾说过：“足称创作的作品，唯一不可缺的就是个性。”① 这一时期有鲁迅的《狂人日记》《伤逝》，这两篇小说无论从形式上还是精神上都树立了典范。此外，还有庐隐等作家初登文坛发表的一系列问题小说。虽然这一时期除了鲁迅的作品，其他小说的社会批判与自我批判比较浅显，但是其价值意义重大：把作家空洞抽象的想法具体为人物的思考，并用内心独白的方法表现出来。

第一节　“我”的觉醒与日记体小说类型的确立

新文化运动时期，郁达夫认为中国现代小说“已经接上了欧洲各国的小说系统”，“成了受着世界潮流灌溉的一块园地”。② 林译小说《巴黎茶花女遗事》的引入诞生了日记体小说，并成就了一批才子佳人的模仿作品。新文学时期又一轮翻译风潮袭来，1917 年后译入中国的日记体小说有《灰色马》（俄国路卜洵著，郑

① 庐隐．创作的我见 [M]// 吴福辉．二十世纪中国小说理论资料：第三卷．北京：北京大学出版社，1997：188．

② 郁达夫．现代小说所经过的路程 [M]// 吴福辉．二十世纪中国小说理论资料：第三卷．北京：北京大学出版社，1997：182．

振铎译)、《猎人日记》(屠格涅夫著,耿济之译)、《少女日记》(章衣萍、章铁民译)等，获得新文学家的推荐与效法。沈从文肯定《猎人日记》“糅游记散文和小说故事而为一”“一切还带点原料意味”[①]等文体创新的手法，而章衣萍着眼于《少女日记》中的少女爱情萌生的心灵，认为译出此书“可使中国的道学家、教育家和正直的绅士们长些见识”[②]。另外，独白式书信体小说《少年维特的烦恼》于1922年由郭沫若译入中国，时人以为是日记体小说，[③]其主观抒情的笔法、多愁善感的少年形象、自杀议题的探究，在青年中引起很大波动。无论是散文化、情爱心理、张扬个性，这些元素皆可散见于1917年之后的日记体小说文本中。

日记体小说的作品自新文化运动后大量涌现，探究其原因，第一与域外文学思潮的引入有关，高举“德先生”“赛先生”大旗的新文化运动的主将们，带回了西方多种文学思潮，现实主义、浪漫主义、后现代主义……，并且从很大程度上完成了知识分子思想意识的现代觉醒，从而使日记体小说获得了精神上的现代性内涵。第二与当时的文学发展有关。新文化运动冲决了礼教的堤坝，作家们从压抑中觉醒后有了发展“人的文学”的需求，急于宣泄他们主观世界的情感，张扬人的个性，而引入尼采、厨川白村的哲学思想，让文艺不只能外在地表现人的命运，更能借由倾诉人生的苦闷以表现生命力，作家原先积存的情感、题材要寻求形式来自我吐露，而第一人称的日记体小说正适合作家吐露他们的心灵深处的隐秘。第三，这一时期的作家对日记文学有着兴趣。夏丏尊认为它能记录实际生活，打破一切文字上的陈套，它的文类特性被移植到小说上，便成为日记体小说。作家用熟悉的日记体裁来写小说，比用其他体裁容易成功。第四，现代日记体小说有它自身发展的规律。《狂人日记》之前的日记体小说已打下了基础，具备一定模式的形式要素，适合作家写作，读者也乐于阅读，是以20世纪20年代新文学作家着手笔耕这片待拓展的园地，而20世纪10年代的通俗文学作家也一直坚持创作。《狂人日记》于1918年出版后，任钘在1919年于《新潮》1卷5号以白话发表《新婚前后七日记》，小说也注重心理描写，虽然傅斯年认为此文太松散了[④]，但能发觉日记体式适于展现人物私密的内心，而以男子新婚忐忑的心境为小

① 沈从文．新废邮存底[M]．北京：中国广播电视出版社，1994：398.

② 章衣萍．少女日记的原序和小记[J]．语丝，1927（121）：3—5.

③ 1923年孙俍工的《小说作法讲义》将《少年维特的烦恼》列为日记式小说。

④ 参见傅斯年回复鲁迅的信，《新潮》1卷5号（1919年12月3日）。

说题材，已是难得。此后至1923年，日记体小说多为通俗文学作品，1923年后文人日记体小说才逐渐增多。

一、“我”的视角由外向内转变

20世纪10年代时期的日记体小说虽然已经普及了第一人称，也有审视内心的层次，但只是寥寥数语的感触，他们所关注的是外界实录或事件起伏，主线仍为情节，在推动情节时常为视角所限，需要引录他人的长篇话语或书信，新文化运动时期的文本，所聚焦的部分多为叙述者的内心，思致与情绪才是焦点，明显地弱化情节，限知视角无法拓宽视野的缺憾，反而成为一种阅读的助力，此时内聚焦视角才可谓发挥较佳的修辞效果，并且由于叙述者抒发的是他个人的情感、隐秘的内心世界，写给自己看的日记无须扭捏或害羞，即使叙说外部行为也是为了铺写个人心路历程，而非谈论伦理或讲述故事，使用第一人称便具备了不可替代性，运用其他人称来书写将难以达到此种拟真到震撼人心的效果。“‘真’的文学，是心里有什么，笔下写什么，此时此地只有‘我’”①，不必以第三者口吻装饰自我的第一人称，便是日记体小说的最佳选择。

视角的转变是一个过程，新文化运动时期文学的革新主要是指严肃文学，也就是雅文学，而通俗文学中的变化却是并不彻底的，是缓慢的。在由第一人称说故事的外审型叙事迈向自我抒情的内省型叙事过程中，时间与阶段并不能绝对代表小说的艺术特征，比如1917年汪剑红发表在《小说月报》上的小说《学徒日记》，主旨在揭露金融行业的腐败，职员的职业道德缺失，但是其无论从思想上还是文体上都存在一些缺陷，在人物设定上设计了几个各有腐败事件的职员，但又安排了绝对道德正确的人物，经理陈秋航，数次危机、不公都是由这个人物出面解决，使小说的批判力度减弱。在写作上，仍然是注重叙事与情节，比如小说的叙事都着重在主角的见闻上：“二月某夕十时许，肆中事稍定，忽闻林伙含笑谓邹伙曰，五福巷闻新到苏州货，盍往一品题，邹伙笑指陆伙曰，渠无人，当使为东道主，金伙拍掌曰，善，于是群起和之，乃各衣华服，呼啸而出。”② 讲述的是银行职员擅离职守，拿着银行的钱去嫖娼的一件事，通过主角的视角展现行业腐

① 冰心．文艺丛谈（二）[J]．小说月报，1921，12（4）：22．

② 汪剑红．学徒日记[J]．小说月报，1917，8（1）：1．

败，这还是视角外审型作品。直到鲁迅于1918年在《新青年》4卷5号发表了《狂人日记》，仿若一剑划破苍穹，不仅在社会历史层面上具有划时代的意义，日记体形式更是在鲁迅笔下成熟了，它是中国第一篇用白话书写的新形式的短篇小说，它每则日记虽然依时间顺序来安排情节，但情节与情节之间，并无必然的因果关系，而是以狂人的意识来贯通，作者着眼于表现狂人胡思乱想、古今穿插的联想关系，思绪才是主线。其视角不仅是外审，更是内省，批判的对象是每一个人。

《狂人日记》是“小序＋正文”的写作形式，外叙述者的序引导读者将焦点置于狂人的思绪线，且证明内叙述者的可靠程度，视角人物狂人是“余昔日在中学校时良友”①，前去探望后，由其兄长处获得狂人的病中日记，“谓可见当日病况，……今撮录一篇，以供医家研究”②。序言除了烘托真实感，具备见证功能，更有对比作用。小说中的小序是文言形式，言语之间也是正常人的逻辑，让人看不出端倪，并且在序言的结尾标注了时间，“七年四月二日识”，从文中可以看出把正文中的“狂人”标记成“迫害狂”，这代表了当时社会对狂人的认定。而小说中的日记正文是以狂人为叙述者，他的情绪跳跃，不以正常人的逻辑叙述所见所感，并且文中是白话文，也没有标注日期，只在小说结尾标注“一九一八年四月”，作为序言中的农历日期的对应。狂人认为这是个吃人的社会，自己被冠上了“疯子”的名号，以备人们将来吃了，还会被认为是吃了一个恶人而为人叫好。从小说的结构和内容上看，小序与正文是一个对比，是互相否定的设计，表面上是正文中的狂人的所言所行让人不明所以，一副癫狂的样子和言语，是社会中的异类，而细细观察，正文是白话文所写，序言是文言文所写，文言文中的言语代表了封建体制，白话文则是大众的正常世界，狂人被封建社会认定为“疯子”，实际上他才是洞察世事的人，这种外叙述者与内叙述者的互相否定，是小说思想深刻性的表征，双层叙述的框架也不能简单地归类成印证小说内容真伪的设计，小说的重点是狂人的内心世界，与其他倾诉型的日记体小说不同，《狂人日记》的叙事策略是借由外置内、外叙述者对立的话语，来映照出深刻的悲剧意蕴。

自《狂人日记》发表后，多篇日记体小说都能在字里行间透露出心理分析的

① 鲁迅．狂人日记[M]//鲁迅全集：第一卷．北京：人民文学出版社，1981：423.

② 鲁迅．狂人日记[M]//鲁迅全集：第一卷．北京：人民文学出版社，1981：423.

意味，如 1919 年的《新婚前后七日记》的小序指明他“只存表明他的心理的地方，据心理分析学家说，人的心理都可作有系统的解剖”①，视日记为剖析内心的材料。叶灵凤的《处女的梦》，前九则日记采取女性内聚焦叙述，展现少女对男性恋慕的懵懂、忐忑之情，最后一则日记为该男性的日记，陈述他对少女的评价、观感，并且交代两人相见后续的情形，补全这个巧遇的故事情节。整体而言，本书男性叙述者的功能在于完成情节并添加男性对女性的评论，他所关注的不是自己的心灵，而是将眼光投向前九则的女性叙述者，正好强化了全文的焦点——少女爱慕男性的心理与形象。1926 年徐祖正的小说《兰生弟的日记》发表在《骆驼》第一期，小说中书信和日记相互穿插，形式特别，并且运用了大量的心理描写，兰生在小说中尽情地倾诉自己的心情，被郁达夫评价“是一部极率真的记录”②，如兰生在给薰姐表达要发表日记的原因时这样表达：“我也是想在艺术里寄托生命的人。这几年来的心血都倾注在这部日记里面。有我内面生活的动摇，蜕变，以及我人生体验中种种的悲哀，焦躁，寂寞，尤其是恋爱漩涡中得来的一切，都是赤露露的一笔一笔刻印在那里。”③ 又如在接到薰姐的断爱信之后，兰生苦想自己为什么如此倾心于表姐，究其原因，兰生自小失去双亲，寄人篱下，表姐是自己灵魂的寄托，如故乡山水一般的存在，并且感慨：“黑暗的少年时代遗弃下来的故乡，如今发见了一种不可忘怀处了。”④ 即使小说在审美上有着缺陷，但对于兰生内心细腻的描写、情感的表达让读者动容。

由外审转为内省的发展脉络只是一种趋向，着重心理刻画是此时期日记体小说的一大特色，然而并非所有的文本皆以情绪、心理意识为主线，形式层面虽趋同，原始题材、表现对象却可以很多元。虽然大体上因为聚焦的焦点转变为心理，而发展出更适合运用第一人称内聚焦视角的内省型叙述，但是前后两阶段的艺术成就却不可以优劣评论。前一阶段的叙述者将焦点置放于外在真实，外叙述者见证日记的来源，指明它是真实的，而不是虚构的作品，而内叙述者充当一名旁观者，依自然时间顺序实录见闻，据事件发展安排日期，把人类身处的外在实体世界再现于纸上；而后一阶段的文本呈现的是内心超验的真实，以独语形态展现人

① 任钘．新婚前后七日记[J]．新潮，1919，1（1-5）：791．

② 郁达夫．读《兰生弟的日记》[J]．现代评论，1926，4（90）：236．

③ 徐祖正．兰生弟的日记[M]．北京：海豚出版社，2011：17．

④ 徐祖正．兰生弟的日记[M]．北京：海豚出版社，2011：135．

性丰富的内里，为内在真实。内在真实与外在真实各有所偏重，分别代表不同世代文人的审美取向。

二、审美从内容真实到情感真实

20 世纪 10 年代时期的日记体小说多有序言，使小说构成双层结构，序言中的外叙述者多为小说作者以生活化的口吻讲述“日记”的由来，一般具有见证真实、提供背景、拉开作者与内叙述者的距离、组织全文、评论与引导等功能。整体而言，新文化运动及以后的日记体小说采用单层叙述者与双层叙述者的文本数大致参半，然而，仔细观察二者发展的起伏状况，将发现 20 世纪 20 年代左右的小说多有序言，20 世纪 20 年代中期以后的小说则是直接进入日记正文，也就是说前期的文本多数采取双层叙述者，日记前安排一名外叙述者构成双层框架，到了后期越来越少有作家采用这种叙述手法。

新文化运动时期的双层叙述者的构架，与 20 世纪 10 年代时期的叙述功能是不同的，这是作家们写作手法渐渐成熟的表现，也是作家们和读者审美体验转变的体现，由对小说内容真实的关注到对情感真实的侧重，是中国现代小说现代转型的一个印证，如 1923 年李劼人创作的《同情》和 1925 年庐隐创作的《父亲》：

> 绍雅听了，沉思道：“……对了，你们愿意听故事，我把这本小说念给你们听，很有意思的。”我们都赞同他的提议，……他把书本打开，用洪亮而带滑稽的声调念了。[①]（庐隐《父亲》）
>
> 纵然这人曾因为吃了许多自家所不甘受的痛苦，在事中诚不免烦怨欲绝，然而事后总喜欢逢人便道的。我今天要把两个月的病榻日记择要写出，也就是这种意思了。[②]（李劼人《同情》）

在《父亲》小序里的绍雅，见众人百无聊赖，便念一本“小说”以供消遣，不同于《雪鸿泪史》《飞来之日记》《珠珠日记》等声称日记是如何得到的，本处

① 庐隐．庐隐选集：上 [M]. 福州：福建人民出版社，1985：240—241.
② 李劼人．李劼人选集：第四卷 [M]. 四川：四川人民出版社，1984：3.

的外叙述者不强调日记内容的真实性，仅担任框架来设置一个秋雨连绵、沉寂的午后为背景，引导出日记，并在念完日记后回到第一层次，抒发心得并描述小说的封面绘图及书名，可见外叙述者见证真实的功能并不彰显。不过，在某些文本里，外叙述者仍声明日记是真的，不是自己杜撰的，如果日记有浓厚的自传色彩，那么外叙述者就不再负载拉开距离的任务了。像《同情》一文，外叙述者叙说自己书写日记的时空背景及发表日记的动机，内、外叙述者为同一人，这种自叙传类的日记体小说的序言往往是在正文之外表述事件的前瞻或者后续，并表达观点，把读者的焦点引向正文。《同情》外叙述者的功能在于引导世界看“我”的生活与心情，自我观照病中点滴，而不再需要强调真实性、拉开距离这些功能，作者更想叙述的是在病院中所见所闻的真情实感，以情动人，读者与作者共情之后，则体会小说的丰沛情感，不再对小说内容是否真实而纠结。

注重情感表达的新文学日记体小说，其日记常常吐露自我心境的苦闷、精神的彷徨，生命中难以逃避的挣扎是小说中主要聚焦的对象，外叙述者的功用在于辅助突显焦点，支持内叙述者的存在，而不是讽刺或否定内叙述者。然而，当读者们习惯在日记体小说中获取以心绪为焦点的脉络，具备阅读情绪主线文本的文体意识后，外叙述者的辅助功能似乎变得没有必要。在《小说月报》上就刊有一篇署名天锡的《读后感——庐隐女士的〈丽石的日记〉》，赞叹庐隐能够在短小的篇幅中表现复杂的事情与思潮，极有艺术水平，并且认为首尾部分（即外叙述者形成的框架）的存在“将减少读者寻味的兴趣”，诠释方向提供得过于清晰，将减少文学的韵味，可见此时部分读者已不需外叙述者协助聚焦。另外，像《父亲》等小说也不必借由外叙述者来担保日记的真实性，是以，双层叙述者的小说框架因部分功能的消失而逐渐没有必要了。

三、自我对话与虚拟的时间

（一）作者与“我”的对话

在新文化运动时期，“我”的觉醒是小说的灵魂所在，个性的表达、个人心理声音的输出使得这一阶段的小说充满了魅力，日记体这种“便宜”的文体更是情感表达的最佳选择，日记体的“我”的第一人称视角既是小说中的人物视角，也隐含着作者的声音。相较于20世纪10年代时期小说中较多在序言中进行直接评论，新文化运动时期则是作者与人物叙述者之间的对话，是隐秘于文本之中的。两种不同的意向夹杂于话语之中，一是叙述者的直接意向，二是折射出来的作者意向。1923年白采创作的《被摈弃者》、倪贻德创作的《玄武湖之秋——一个画家的日记》常体现双重话语：

> 我除是为了使我的情感向上，又何尝有一刻自甘堕落呢？像我心上，自己真有察不出什么便叫是非了。我只是朦朦胧胧禁不起空泛！唉，有谁能看出放荡的处女的悲哀，她们失望的凄楚，是要比孤孀还难受呢？但是我又何曾放荡过，礼教两字在我也还有势力支配我的行为，我现在还能守一，我的志趣还能比什么人都高尚些，为什么我便不能享受人生应有的正当的娱乐呢？[①]（白采《被摈弃者》）
>
> 她们怕不至于没有覆信给我吧？然而事情未可逆料，她们那时的和我这般亲密，这般依恋，许是为着要使自己的学术进步而故意做作出来的媚态吧？许是他们和别个男子相处也是如此放荡不羁的吧？我完全是神经过敏。[②]（倪贻德《玄武湖之秋——一个画家的日记》）

白采的《被摈弃者》中被抛弃的女性反而受到人们的嘲讽与诘难，不能享受到自由恋爱的权利，充满了对这个社会失望的情绪，而“有谁能看出放荡的处女的悲哀，她们失望的凄楚，是要比孤孀还难受呢？”又透露出作者对于这一社会的悲愤，对于勇敢追求真爱女性的同情。这是作者与人物之间的对话在人物内心世界上演。《玄武湖之秋——一个画家的日记》叙述了一名男性画家E先生与年轻女学生们的相处过程，画家E先生于日记里倾诉他对理想恋情、避世生活的渴慕，以及对女性的猜疑、想象，时常自我矛盾，并认为“我完全是神经过敏”，人物作者的意识分裂成几种相反的意识相互矛盾，造成他思想和人格的分裂与斗争，形成内在的双声对话以构成小说的推衍。

日记体小说的作者在某些时刻会重叠、发声于叙述者之上，展现人性中复杂

① 白采．被摈弃者[J]. 创造周报，1923（16）：28.

② 倪贻德．玄武湖之秋[M]. 上海：上海书店，1988：1.

多变的意识世界，叙述者的经历正是作者欲同情或者否定、嘲讽的社会现实，《被摈弃者》中展现了“人”的发现之后，个性崛起，女性追求自由恋爱，却对这个社会没有充足的认识，从而所托非人，自己怀孕后被抛弃，成为社会礼教所不容、时人鄙视的对象。作者通过女性的口吻表达对人物的同情。这也是当时社会一个重要的社会现象，是女性走出“家”的封锁之后，又在社会中陷入了无助、迷茫的境地。

新文化运动时期日记体小说是以人物的情绪来建构小说的，可以看到人物独处于一个封闭而安全的空间里，观照心绪，在日记上书写他／她内心的种种声音，而作者将自己投射于某部分的话语里，跟意识中某部分的自我相互对话以重整思绪，寻找精神的出口、未来的走向，然而，当作者与人物难以重叠、彼此梳理时，这些内在对话就会使小说形成一种张力，在读者找寻、对比作者与人物的心声时，就会成为特殊的一种叙事手法。

（二）时间标注的虚拟性

时间形式是日记体小说重要的标识之一，在 20 世纪 10 年代时期对于日期的标注并没有运用自如，比如《雪鸿泪史》是按照月份来建构小说的，虽然集中地讲述故事，却失去了故事发展之间的韵味。在新文化运动时期，阿英在《〈日记文学丛选〉（文言卷）序记》一文曾经引清代薛福成的观点，将日记分成两种：“一种是排日纂事式，一种是随手札记式。在两式之中，前式是较普通的。”①，当日记被融入小说中，演变期的日记体小说也可以分成这两种，作家虚拟一套时间形式的文本是大多数。无论是否标记日期，日记体小说总能设置空白环节，通过分段、日、时的记录，来展现人物在特定时空内真实的生命体验。虚拟的时间形式有三个方面值得注意。

第一，就文化意涵而言，标志日期是一种时间流概念的体现。庐隐于 1925 年创作的《父亲》讲述了元哥爱上了自己的继母，继母是被父亲欺骗和父亲结婚的，婚后并不幸福，但因为礼法，元哥和继母二人不能相爱、相守，最后继母郁郁而终的故事。小说把时间集中在九月到十一月，集中描写了继母人生最后的两个月的故事，在文中作者表达了对于日记日期形式的看法：

---

① 阿英．阿英全集：附卷[M]．合肥：安徽教育出版社，2006：95.

> 我曾三次想作日记，但我总觉得我的生活太单调，没有什么可记的；但今天我到底用我那浅红色的小本子，开始记我的日记了。我的许多朋友，她们记日记总要等到每年元旦，以为那是万事开始的时候。这在他们觉得是很有意义的，而我却等不得，况且今天是我发现她的一切的纪元！[①]（九月十五日）。

小说中表达了从九月开始记日记的原因，也对时人从元旦开始记日记的仪式感提出了疑义，日期的重要性不会突显在内容的重要性之前，日期的流动和节点在为小说内容服务，这是虚拟时间的机动性，小说中的虚拟时间流被作者记载，读者会自动把它实体化为现实中的时间，从而形成小说投射现实的真实感。

第二，就书写手法而言，虚拟的时间形式也是一种修辞策略，如何标示日期是作者有意的安排，绝不是随意安插的，借由标示日期可突显人物的形象及精神状态，庐隐的小说《父亲》中，继母从得病到去世，时间短暂，却是十年的积压，一个有才情的女子就这样困死在人生的不幸里，更添悲剧色彩。鲁迅的小说《伤逝》中没有具体的日期标识，但情感的流动可以窥见涓生的内心，其充满悔恨而又坚定向前的精神感染着读者，使读者也不得不接受他的“忏悔”了。

第三，从小说内容着眼，虚拟的时间形式有益于表现人物生活中片段的横切面，与一般着重曲折情节的小说相比，日记体小说能回归到生活原本的面貌，每则分散的日记无太明显的情节性，小说结构的重点在于横向地铺展人物此刻对某种私人空间、境界的主观感受，因而小说中纵向的因果关系很容易被埋没，每则日记仿佛优美而自在的散文。

从 20 世纪 10 年代时期第一篇日记体小说《雪鸿泪史》到《被摈弃者》《玄武湖之秋——一个画家的日记》《父亲》《兰生弟的日记》等诸多文本，日记体书写模式逐渐确立，形成数个文体规范，彼此互为条件，互相制约，如第一人称内聚焦视角所聚焦的是叙述者的思想和情绪，而非早期的以情节为中心，辅以外叙述者与内叙述者为同一人，作者不必借由外叙述者来拉开距离时，外叙述者的框架便不再必要，而产生消失的可能，又因为抒情性强、情节弱化，每篇日记之间的因果关系隐没，致使日记体小说强化了散文的特质，彰显它跨小说与散文双重

① 庐隐．庐隐选集：上[M]．福州：福建人民出版社，1985：219．

领域的次文类属性。学者陶东风于《文体演变及其文化意味》一书中说道："一个文类不只包含一个或两个文体规范，而是包含了一组规范。……在一组文体规范或因素中并不是大家都平分秋色，扮演同等重要的角色，而是其中一、二个特征或规范处于核心地位，起支配性的作用；而另一些则处于边缘地带，起次要作用。……其中起决定作用的规范又称支配性规范或主因（dominants），它常常是一个文类之所以是该文类的核心因素。"[①] 根据这个说法，"第一人称内聚焦限制视角"与"分时日记录的时间形式"为日记体小说写作的核心规范，它们规定了日记体小说的标准，叙述结构与内在对话性则列于边缘地带，配合支配性规范而有可能改变。需要注意的是，日记体小说的这两项核心规范并非互不关联，而是相互融合、互为依托地创造出日记体小说的独特文学内涵。

第二节 《子君走后的日记》:《伤逝》的互文式书写

在对鲁迅的研究史上，《伤逝》作为鲁迅小说中唯一一篇描写新文化运动时期青年男女爱情的小说，一直受到研究者们的钟爱。在传统的研究视野中，《伤逝》是被用来解读新文化运动时期精神觉醒者所面临的社会困境和精神困境的一个重要视角。随着近些年来女性主义批评的兴起，一些研究者开始从另一个视角把"一体化"的觉醒者"涓生和子君"分开来对待，或者说研究者带着对"男性视角"和"男权主义"的反思，把研究重点由"涓生"转向了"子君"，质疑涓生作为启蒙主体和故事讲述主体的可靠性，从子君这样一个"被启蒙者"和"被讲述者"的视角寻找故事的空白和断点，进而替子君"发声"。这种新的阐释视角既有新的发现，也带有一种"后来者"的同情和遥远想象。

伟大的作品往往是无限敞开的文本，在不同时代读者的阐释和想象中不断增加自身的意义和价值。而《伤逝》中觉醒者的困境，尤其是最令人同情的子君何以会走向死亡？在启蒙者／被启蒙者、男性／女性、丈夫／妻子等这些看似简单而又微妙的关系中，如何看待那个时代的人生境遇，这些问题始终是研究者的兴趣所在。带着这些疑问，笔者发现了《子君走后的日记》这篇小说。《子君走后的日记》是 1931 年刊载在《现代学生》读者园地栏目的小说，作者是李素刺，

① 陶东风．文体演变及其文化意味[M]．昆明：云南人民出版社，1994：56－61．

他是山东省立高中的一名学生。作品写于1930年，小说题目下标着“二次中学征文第四名”。显然，《子君走后的日记》是鲁迅写作《伤逝》的五年后出现的互动性文本，这是同代人对于《伤逝》中觉醒者困境的一种回应，这也为后来研究者理解《伤逝》提供了一个切实的参照。

如果说写于1925年的《伤逝》是鲁迅对于新文化运动以来的思想启蒙的一次反思，那么写于1930年的《子君走后的日记》就是一位《伤逝》读者对“反思”的反馈。实际上，《伤逝》是1928年收录到《彷徨》中才与读者见面的，而三年后刊载的《子君走后的日记》，则是在《伤逝》经过了最初社会发酵的过程后出现的。值得注意的是，这两部小说，都是以“日记”体形式呈现的，而在二十世纪二三十年代新文学的发展阶段，日记体小说，作为“现代小说”中一种新的写作形式也在此时愈加成熟，并涌现出大量的作品。庐隐的《蓝田的忏悔录》《曼丽》、石评梅的《林楠的日记》、丁玲的《莎菲女士的日记》、沈从文的《一个妇人的日记》《篁君日记》等等，都是这一时期引人注目的小说。当现代的研究者们以时代精神为尺度去找寻文学演变的轨迹，首先找到的就是诸如以上具有鲜明的历史印记的名家作品，但在文学发展的长河中，除了这样标志性的小说，更多的是没有被人发掘但也同样折射着当时时代精神风貌的创作，也许在艺术上缺少更纯熟的技巧而削弱了文学价值，但仍因其写作的内容和形式而有着时代性的意义。《子君走后的日记》正是这样沉默着的无名作品。

一、互动式文本结构的形态内涵

“一部小说讲述的事件是内容的组成部分，而它们被组织进情节之中的方式大概就是形式的组成部分。”[①]《伤逝》与《子君走后的日记》不仅在内容上形成了互动式文本，小说本身的结构形式也是互动式文本的一部分，而形式“不能仅被当作技巧的总和来研究，它不是纯粹激发美感的，甚至也不是纯粹语言学的；因为它投射了一个由母题、主题、人物和情节组成的‘世界’”[②]。在《伤逝》的原有故事世界中，子君与涓生的爱情悲剧实际不仅仅在于思想的差异，经济的窘迫使他们苦苦挣扎在柴米油盐中并互生怨恨。如果他们生活富足，子君不必忙于家

① 韦勒克．批评的诸种概念[M]．丁泓，余徵，译．成都：四川文艺出版社，1988：72．
② 韦勒克．批评的诸种概念[M]．丁泓，余徵，译．成都：四川文艺出版社，1988：74．

务，是不是能够读书学习？是否能提升思想，成为时代的先行者？涓生说：“人必活着，爱才有所附丽。”① 生存困境不是单指人的经济困境或者精神困境，它是双面的，鲁迅在小说中指出的是当人们越来越热衷只凭意志或精神在行动时，更应该看到实际的经济困境。相比于更多的启蒙者对于青年人“出走”的呼喊，鲁迅更想让年轻人看清楚社会形势，并指出忽略经济权的抗争只能酿成“回来”的惨剧。鲁迅在《娜拉走后怎样》中提到“要求经济权固然是很平凡的事，然而也许比要求高尚的参政权以及博大的女子解放之类更烦难”②。事实上，在鲁迅的创作生涯中，始终关注着国人的生存与发展的问题，“在鲁迅看来，‘现在中国人的生存’是‘第一义’的，这构成了五四时期鲁迅的一个基本观念，也是他的思考的中心”③。子君与涓生走出家庭和道德的束缚，自由结合，面临的首要问题就是经济问题，这是作者鲁迅，也是后来的鲁迅研究者对《伤逝》作出的阐释。李素刺的《子君走后的日记》所延续的是《伤逝》的故事，二者构成互文，文本形式的互动如何实现是小说主题的外在体现。

日记体小说最惹人注目的形式就是第一人称限制性叙事视角的意蕴，第一人称的叙事往往能够深入地表达叙述者的内心情感，并以对全知视角的摒弃来更加突出“个人”。《伤逝》中涓生化作“我”这个能够进入读者内心的称号渐渐缩短了读者与叙述者的距离，读者仿佛感同身受地感觉到涓生的情感流动，但是同时，人们也遗憾，通过“涓生的手记”也只能透过涓生的单方面记忆来拼凑子君的形象。《子君走后的日记》则恰恰采用了以“子君”为第一人称叙事视角，全文没有涓生的出现，通过子君的回忆、想象、推测来完成涓生可能的结局。值得注意的是，在《子君走后的日记》中，子君回忆吉兆胡同的生活用了“穷困”来形容，这是李素刺笔下的子君对当时生活刻骨铭心的记忆，同时也是对《伤逝》中大量渲染子君、涓生同居窘迫日常的映射。众所周知，涓生对那段生活的回忆是每日“川流不息”地吃饭，菜饭都是不够的，油鸡们没有食物喂，只能成为菜肴，阿随也不得已送走，还要为冬天的煤炭发愁。子君也在《子君走后的日记》中描述着两人同居的艰苦生活，吉兆胡同两间“冰冷”而“空洞”的小屋，“满尘的旧

① 鲁迅．鲁迅全集：第二卷[M]．北京：人民文学出版社，1981：124．

② 鲁迅．鲁迅全集：第一卷[M]．北京：人民文学出版社，1981：165．

③ 钱理群．与鲁迅相遇：北大演讲录之二[M]．北京：生活·读书·新知三联书店，2003：151．

衣裳”，涓生“瘦黄”的脸[①]……从表面上看，没有生活来源，无法生存是《伤逝》铺开而延续到《子君走后的日记》的共有情境，透过日记的讲述者“我”的所见所感表达了个体生存的艰难。

生存困境的描写之所以把读者深深带入其中，为涓生感慨，为子君怜惜，小说的结构方式起到了很大的功用。《伤逝》作为日记体小说，没有明确的日期标注，是以叙述者涓生的情绪流动来建构小说的，并以段落之间的空白来分小节，以此来完成时空的转换，并不以具体时间来推进故事的情节，回忆中幸福快乐的时光以“去年的暮春是最为幸福”[②]为起句。油鸡们成为菜肴后，涓生看到子君的颓唐忍不住感叹“人是多么容易改变呵！”子君终于离开后，心绪是“有些轻松，舒展了”，得知子君死去的消息，涓生想要真有地狱鬼魂，他就可以“在孽风和毒焰中拥抱子君，乞她宽容，或者使她快意……”情绪的流动引出叙述话语，情绪的转折推动故事前进，而作者的情绪也容易与叙述者分离和重合。故事的时间虽然相对模糊，却也有一条时间的轴线——“一年之前”“交际了半年”“去年的暮春”“双十节”“五星期”“冬春之交”“初春”，这种写作策略被认为充满了“抒情性”，[③]同时也获得了读者对“忏悔”的认同，进而增加了读者对第一人称叙事者的认同。《子君走后的日记》则与《伤逝》的写作方式不同，有明确的日期标注，并且不间断地从“一月十日”写到“一月十四日”，子君就在离开涓生的5天后在家中死亡。这样紧迫的日期标注方式，作者显然是想以紧凑的时间体现小说的张力，从形式上来推进小说中对子君步步走向死亡紧迫感的渲染。虽然形式与《伤逝》不同，但是其结构方式仍然是聚焦在叙述者——子君的情绪流动上，《子君走后的日记》显然是一篇情绪小说，只有寥寥无几的对话穿插其中。子君在第一篇日记中就直接抒发“回家”的苦闷：“我颤抖着跨进了家门，唉！今天呀！今天，我的命运注定；今生的幸福之梦消逝了，无望了！天啊！我可以休息了吧……虽然外面飘荡着的春风，吹嘘进温柔的阳光；雀鸟振刷着翅膀，向蔚蓝的苍穹，奏着他们的自由之歌。但这于我，不过倍加悲痛，苦闷。”[④]回到家族的痛苦与爱情

① 李素刺．子君走后的日记[J]. 现代学生，1931，1（7）：49—56.
② 鲁迅．鲁迅全集：第二卷[M]. 北京：人民文学出版社，1981：116.
③ 王瑶．鲁迅作品论集[M]. 北京：人民文学出版社，1984：115.
④ 李素刺．子君走后的日记[J]. 现代学生，1931，1（7）：49—56.

失败的痛苦交织在一起，作者把这一情绪贯穿在小说的始终，并逐步把子君的心绪引入死亡。代入式的写作，最大程度地体现了子君在“家”的每一天都是巨大的折磨，从而指出使子君绝望与死亡的罪魁祸首。总体看来，两篇小说的结构方式都在意图营造叙事的“真实”。

互动式文本并不是新鲜的事物，甚至在日记体小说范围内也不是，如1921年《礼拜六》139期刊出王建业拟女性作者写的《侬之日记》，姚赓夔有感作一篇《一个懦夫的日记》来回应。但《子君走后的日记》与《伤逝》只是在文本上的对话，并无作者间的私下交流，作者李素刺是一名高中生，在二十世纪二三十年代高中生已是高级知识分子了，她的生活阅历可能有限，但是她的知识结构和广度却并不狭窄，她的认知来源大多是来自阅读、聆听以及他人的影响。《子君走后的日记》是一次征文比赛的作品，李素刺必然要把自己认为最有价值的作品展示出来，而选择写作《伤逝》的续文，也说明是《伤逝》给了她很大的震撼和触动。同时，这也是当时的“知识女性”对鲁迅问题的一个回答。因此，作为《伤逝》的一个呼应性文本，《子君走后的日记》体现的思维价值远远超过了其故事情节的艺术价值。

二、生存空间的隐喻与文本间的对话

涓生与子君的议题除了性别批判、启蒙批判，还有更多的讨论层次。比如“为什么要在男性与女性之间进行一种角色／权力的分配，使得‘男性—知识空间—启蒙—新生’与‘女性—日常生活—反启蒙—死亡’这样一种二元对立的逻辑得以建立？”[①] 这似乎是历代社会变革中新的价值观念的确立必然否定另一种价值观念在文学中的投影。在这种对比之外，个人与社会的关系也是鲁迅在新文化运动时期的一个重要着眼点。钱理群认为《伤逝》“有强烈的知识分子的自忏自省性，而且也充满了对人的生存困境的追问”[②]，是最具“鲁迅气氛”的小说之一。涓生在“诚实”和“说谎”之间选择，悲哀的是无论如何选择终究避免不了人生的“虚空”。经济的窘迫似乎是《伤逝》中涓生和子君“不爱”的重要原因，而实际上，

① 刘堃．写实主义的边界：重新解读《伤逝》中的性别问题[J]．鲁迅研究月刊，2011（09）：31．

② 孙晓忠．方法与个案：文化研究演讲集[M]．上海：上海书店出版社，2009：183．

精神的困顿更引人深思。涓生说："要写下我的悔恨和悲哀，为子君，为自己。"[①]涓生的"忏悔"是想表达什么？不只是心中悲哀的抒发，不只是需要读者对"忏悔"的认同，更多的是需要灵魂的自视、自我的救赎，只有这样他才有继续前行、获得反抗绝望的勇气。因此，《子君走后的日记》虽然是对《伤逝》单向式的互动，但这不妨碍作者李素刺表达自己的观点，她抓到了《伤逝》中涓生记忆的空白和断点，把子君归家到死亡这一情节叙述出来，补充了子君在涓生的讲述中并不清晰的形象。

鲁迅的生存哲学首先是要正视生存困境，他对生存空间与人物的精神困顿的设定，所隐含的内容超越了男女的爱情，体现了个人在社会中孤立无援、无所依托的生存境况。《伤逝》中出现了三个重要的生存空间：会馆、吉兆胡同的小屋、通俗图书馆。会馆是"旧时都市中同乡会或同业公会设立的馆舍，供同乡或同业旅居、聚会之用"[②]。在旧时相当于集体宿舍，聚集了一群在一个城市没有"根"而又收入微薄的外乡人，"破窗""半枯的槐树""败壁"，这样破败的会馆却是一个年轻人在城市打拼的起点，当涓生失去子君，这又成为了他无处可去后的归处，也是涓生在回忆中痛苦，在痛苦中准备前行的所在。吉兆胡同的小屋是小说主要的生活空间，不是理想居所，而是子君和涓生几经寻找，最终不得不将就的独立处所。在这里，子君和小官太太"明争暗斗"，虽然触及的也是谁家的鸡多吃了两粒米，谁家的狗瘦弱受到嘲笑这样的小事，却揭示出中国几千年的市井生活，看似精明实为笑谈的人性的丑陋一面。涓生认为"这样的处所，是不能居住的"[③]。通俗图书馆似乎是涓生灵魂的暂歇之地，一是图书馆符合自己读书人的身份，在这里能够找到自我认同；二是图书馆似乎脱离了琐碎的生活，在这里思考人生，得以反省"人生的要义"，但图书馆的书"却无可看"，都是陈腐的旧书，只是一个知识空间的壳子罢了。

《伤逝》中破败的会馆、不适合居住的住所、空壳子式的图书馆，反常规的生存空间展示了人生的荒谬感与无力感，涓生一直找寻"新的生路"，为此宁愿抛弃子君，承受背叛的罪恶。但一个疑问油然而生，在这样反常的生存空间中涓生能找到生的希望吗？李素刺在《子君走后的日记》中给出了自己的回答。在

① 鲁迅．鲁迅全集：第二卷[M]．北京：人民文学出版社，1981：113.
② 鲁迅．鲁迅全集：第二卷[M]．北京：人民文学出版社，1981：133.
③ 鲁迅．鲁迅全集：第二卷[M]．北京：人民文学出版社，1981：119.

《子君走后的日记》中，作者首先剥离了子君与启蒙思想的关系。她写出了子君对于被抛弃的怨念与愤然，“涓生对我实在太残忍了，不爱我了，还不如把我像油鸡似的杀了痛快。我为爱他而坚忍刻苦的劳动，以致这样憔悴了！他呢？不爱我了……”但笔锋一转，子君也在“忏悔”了，“我的错误吧！？他不是表示过他的真挚的爱吗？但我在人生之路上不能分担一部份的责任，不但不能帮助他，反叫他增加负担，唉！我——可恶的女人”。这是一个附庸于男人的女人的自怨自艾与自暴自弃，反映出涓生的冷暴力让子君极度否定自我，并在自我否定中丧失了自我的尊严和价值。涓生一度希望子君能够在自己的启蒙下获得自我的独立，但子君却只能止步于启蒙的第一阶段——走出封建家庭，无法实现的“二次启蒙——以人的觉醒为基础的女性的再次觉醒”[①]。在李素刺笔下，子君与“启蒙精神”被剥离得更远。子君半新半旧的思想被李素刺放大了“旧”的一面，李素刺在塑造了清晰的子君形象的同时，也失掉了人物应该有的复杂性。当然，从另一个角度看，李素刺的描写则进一步让人确认：子君的思维模式与人性预设和新文学思想启蒙关系不大，她勇敢地走出家门是因为对涓生的爱，这种“爱”有时并不具有“现代性”，莫若说反倒具有一种“古典性”乃至“原始性”。

与《伤逝》形成对应，《子君走后的日记》中唯一的生存空间就是“家”，这个家中有父母、兄嫂、学走路的侄子和天真的小妹妹。子君一反原有文本中的沉默，控诉着这个无法逃离的家：“我还有什么祈求，期待，留恋？！像囚犯似的又坠陷在这黑暗的牢笼里；回到这威严的，冷酷的家中，我还有什么话说？！冰似的面孔与眼光处处在塞着你的嘴。”“父母对他女儿的爱，已被礼教，名誉，金钱，整个的社会，剥夺去了；兄嫂弟妹，哪里还认识，亲近。”父母的冷酷、兄长的漠视、嫂子的嘲讽把这个封建家长制的家庭勾勒出来，而还在学步的侄儿与年幼天真的妹妹则代表了还未被这个家庭腐蚀同化的新生力量，但他们的未来也未可知。在这一层面，《子君走后的日记》更趋向鲁迅《狂人日记》的主题，控诉封建家长制对人性的摧残，并以《狂人日记》为中心向外辐射到包括《祝福》《药》等小说以及一系列的杂文创作，集中投射了鲁迅对“吃人的社会”不遗余力的抨击。《子君走后的日记》中，子君大量控诉了封建家庭对其精神与生命的扼杀，

① 王桂妹．文学与启蒙：《新青年》与新文学研究[M]．北京：中国社会科学出版社，2010：125．

她被拘禁在一所小屋，吐血后也没有得到家人的关心，母亲斥责她出走的行为“简直禽兽”，“父母对女儿尚且这样的残酷；世界上还有谁怜悯我？”[①]子君就是被这样“吃人”的家庭夺走了生命。应该说，除了小说开篇对涓生的哀怨，小说已经去除了涓生对子君的“抛弃”而导致子君归家死亡这一线索，转而向无情的家庭和封建社会发起了攻击。追其根源，一是封建家庭问题本身就是《伤逝》中的隐性主题，涓生在自诉中几次提到了子君的家庭，并认为父亲是“儿女的债主”，如“烈日一般的威严”主宰着她的人生，只不过这些本来是作为背景的线索被李素刺抻出并加以补充，而这一补充实际是应和了当时新青年和新文学中有关“家”共有的主题——封建家庭对青年的压迫。同时，“家”也隐喻了整个“吃人的社会”，子君认为涓生在“这样的社会也是很难生存的，他像恢复自由的囚犯一样，为人轻视，不能站立在高贵的人们中，除了死亡”[②]。子君并不认为涓生的“生路”像他自己所想象的那样会实现，“最好也不过同阿随一样”。虽然子君并不具备涓生式的精神困境，但是“失掉勇气”的她面对黑暗的社会仍有着自己的人生体验和人生思考，她一语道破了涓生以及思想启蒙者们心中隐藏的恐惧——即使背负忏悔也要追求新生，但在既有的社会中希望终究渺茫，恐怕无望。

李素刺的《子君走后的日记》虽然近乎是一个无名的文本，但是却有着多重的意义：一是展示了在二十世纪二三十年代非职业作家对日记体小说这一文体的应用程度；二是读者对鲁迅小说《伤逝》的解读和回应；三是当时青年学生对新文化运动新文学的一种理解。《伤逝》是涓生的“手记”，是他与自我灵魂的对话；《子君走后的日记》则是《伤逝》多层次主题中一种主题的具体化，李素刺笔下的“子君”对鲁迅笔下的“涓生”的情感是一种和解，是对他“忏悔”的接受。在涓生的启蒙语境下，子君作为被启蒙的人物特征在《子君走后的日记》中被消解，转而通过子君的控诉侧重展示了个人的生存与社会的矛盾，这个矛盾不仅使子君葬送在新旧交替的时代，也使得涓生终将与子君一样，处于没有生路的命运。这篇文学性并不出众的小说，它的存在意义值得继续挖掘。

---

① 李素刺．子君走后的日记[J]．现代学生，1931．

② 李素刺．子君走后的日记[J]．现代学生，1931．

第三节　思想大于审美:《劳动界》集中出现的日记体小说

1918 年，鲁迅的《狂人日记》问世后，日记体小说也顺应潮流，迅速发展，在 1920 年，集中出现了一批以工人为视角人物的日记体小说，这些人物有铁匠、车夫、裁缝、苦工等，并且这些小说都刊登在《劳动界》这一新兴杂志上。具体作品如表 2-3-1 所示。

表 2-3-1　《劳动界》刊载的以工人为视角人物的日记体小说

作品出版时间／年	作者	作品名称	刊载来源
1920	刘德泽	《一个裁缝底日记》	《劳动界》14 期
1920	吴乾庆	《一个东洋车夫底日记》	《劳动界》15 期
1920	王秉珪	《一个车夫底日记》	《劳动界》16 期
1920	李健	《一个铁匠的日记》	《劳动界》17 期
1920	张苹	《一个人力车夫底日记》	《劳动界》18 期
1920	刘广钧	《苦工日记》	《劳动界》19 期

这里要介绍一下《劳动界》，它是中国第一份马克思主义工人刊物，1920 年 8 月 15 日在上海创刊，周刊，32 开本。它由上海共产主义小组主办，陈独秀主编，参加编撰工作的有李汉俊、戴季陶、沈玄庐、陈望道等，设有“演说”“本埠劳动界”“国内劳动界”“国外劳动界”“时事”“诗歌”等栏目。该刊广泛报道国内外工人运动和中国工人的状况，通俗地向工人进行马克思主义的启蒙教育，启发工人组织起来进行斗争，积极发动工人写稿，计发表工人稿件 30 篇左右。1921 年 1 月停刊，共出版 24 期。可见，《劳动界》也是应时代潮流兴办的刊物，在刊

物上出现工人阶级的小说并不特别，关键在于以日记体形式书写。日记体小说以便于抒情、容易书写的便宜优势，让初学写作，或者代言工人口吻写作成为可能。

新文化运动时期，思想启蒙运动轰轰烈烈兴起，广大工人阶级也是被启蒙的对象，工人阶级的工作和生活成为被小说表现的内容。如同米歇尔·布托尔（Michel Butor）所宣称："不同的叙述形式是与不同的现实相适应的。"[①] 这一题材并不是只在新文化运动时期有热度，在之后的二十世纪二三十年代，直至 20 世纪 40 年代末，都有作品陆续刊载，而《劳动界》出现的工人阶级题材的日记体小说正是这一脉络的开端。

一、聚焦内容与日记体形式要素的缺失

日记体小说的形式要素在 20 世纪 10 年代日记体小说诞生之时就基本具备，到新文化运动时期，日记体小说的书写规范已经基本确立，其中，核心规范是第一人称视角、时间形式，叙事结构和自我对话则可退居之后。考察《劳动界》在 1920 年集中发表的日记体小说，可以明显看出日记体形式要素的缺失，当然，这对于工人阶级的写作来说，是很正常的。六篇小说都很少有内心活动的聚焦，都是在描述、对话，对于虚拟时间的标注，也是比较随意的，对日记体形式的运用并不熟练。比如，刘德泽书写的《一个裁缝底日记》，全篇小说集中在一天，所以只有一个日期标注，视角人物和朋友去喝茶，大半部小说就是从朋友嘴里"说"出来的，整个小说就是一个对话而已，而朋友一口气说了大半部小说，说完之后"已是唇焦舌弊"。[②] 王秉珪写作的《一个车夫底日记》，没有具体的日期标注，开篇就说"近来"，接着是"早晨起来""今天""今夜"，小说中写有大量的对话，借此讲述故事，没有作者自己的心理活动。如妹子和弟弟看见邻居爸爸给孩子买了洋娃娃，来向"我"要礼物，视角人物没有任何表达，而是视角人物的妈妈出现呵斥："你这些不知足的孽障们啊！你们是怎么样人，他是怎么样人，你们可是与他相比。他的爷实在衙门里当差的，自然有钱给他孩子使，你们的爹爹现在可在哪里？"[③] 并且还没有说完，又继续说："现在家里单靠你哥哥一人吃饭，他一个

① 陶东风．文体演变及其文化意味[M]．昆明：云南人民出版社，1994：134．

② 刘德泽．一个裁缝底日记[J]．劳动界，1920（14）：4．

③ 王秉珪．一个车夫底日记[J]．劳动界，1920（16）：4．

人赚来的钱，哪里够一家的吃用，你倒还说得出这意外之想呢！”小说趋于记录，作者在此是没有灵魂的，仿若一个听故事的人，作者注重的是故事的完整性，而不是自我的想法。

奇特的是，六篇小说在叙事结构上，都是单层叙述，没有小序，这在当时双层叙事占据主要叙事方式的时期，是十分有意味的。在日记体小说诞生之初，双层叙事结构，设置外叙述者就是小说作者惯用的手法，工人阶级初学写作，并没有学习这种手法，可能还是对于他们来说，比较有难度，更重要的一点是自己现身说法，就是日记真实性最好的证明，已经不需要外叙述者来见证了，从吴乾庆的《一个东洋车夫底日记》可以印证。他没有设置小序，但是他在日记开始进行了自我介绍：“我是一个北京拉车的车夫。说起我的历史，无非是些生活上苦痛，但是要写我的历史，只要将我的日记写出来就得了。”①

这几篇小说都有着日记体小说书写规范上的缺失，可以看出，作者创作小说的本意也是聚焦小说的内容，使用日记体小说这一文体，是想把工人阶级的主体意识体现出来，这是“主题先行”的写作，为工人阶级规定了写作内容，即表现工人地位低下，受到资产阶级压榨的主题。

二、审美缺憾下的思想价值意义

在1920年，《劳动界》集体出现的表现工人阶级被压迫的日记体小说，存在着很多审美缺憾：写作的内容多是展示，较少批判；在语言上，以浅白的口语讲述故事，有时还会出现啰唆的现象。比如在《苦工日记》中，中午散工，由于自己家离得远，犹豫要不要回家吃饭，出现了下列叙述：“大家散了工，也有回家吃饭去的，也有不回家吃饭的，我的肚里头咕喽、咕喽的乱响，觉着很饿。”②

对《劳动界》出现的这些日记体小说并不能仅仅以审美内涵为价值尺度去评判，与社会历史相结合，评判文学的标准也有思想维度、时间维度等，以思想价值去看待这些日记体小说，作者的身份和内容是中心思想。这些小说意在激起工人阶级的觉醒，反抗强权，争取平等的权益。《一个裁缝底日记》里除了指出了无奈、抱怨之外，工人阶级还应该做的事情是：“别怨天尤人了！我们现入此行，

① 吴乾庆．一个东洋车夫底日记[J]．劳动界，1920（15）：4.
② 刘广钧．苦工日记[J]．劳动界，1920（19）：7.

当发奋自强，趁着社会要改革的时候，多看些有益的通俗书，多听些有益的通俗演讲：以为我行中改革的预备，使我们行规完善，使我们生活富裕，使我们人格保全，使我们为社会重要的一份子，以增进社会的幸福，这才不负劳工神圣底命名了。”[①] 如果这是代言叙事，则会削弱小说的价值意义，正因为小说作者的特殊性，工人业余写作，又有别于文学家书写的自叙传小说，可以说是自己为自己代言。难得的是语言质朴，没有雕琢的痕迹，《劳动界》的编辑也不是追求作品的审美意义，而是把这些小说作为载体，宣传启蒙思想，让更多的人反抗现实，首先必须要认清现实。小说向读者展示了不同行业的不同苦楚，李建的《一个铁匠的日记》中，“我一天做工做到晚，差不多要累死了，可是省下的钱也有限”[②]，并且还要供养乡下的家人，好处是在冰天雪地的时节，在火炉上打铁，不会像乞丐一样被冻死。

张苹的《一个人力车夫底日记》中，讲述来到北京做人力车夫，在街上等着顾客找“我”，“我在那里，站到吃早饭，没一人来问一声。那时冻的我得得的战，肚里也饿起来”。然而来自自然环境的艰苦并不是最难以忍受的，来自人的侮辱才是“我”最悲惨的境况，一个“穿戴的行行武武，左手提根打狗棍（文明杖）右手撑把绿油布雨伞”的人叫车，车钱却要被压下一半，嫌迟了，“掀起腿来照我背上给了一脚……”，“我”也不敢和他强嘴，又“给了我一棍子”，又被一辆汽车“咣当刮倒，把我摔个嘴啃地，把那坐车的也扣出来”，“要给那坐车的赔情”，又被打了几棍子，“脸又挨了几个嘴巴子”。[③] 小说把人力车夫不但身体上受到压榨，而且精神上也被侮辱的境况叙述了出来。

《劳动界》集中出现的小说主要在表现工人阶级低下的地位，被压迫的现实——付出劳动无法获得相应的报酬，在于要启迪底层劳动人民的心智。在新文化运动以后，这类题材也在被持续地创作着，但仍然以表现为主。1920 年创作的小说独特之处是工人阶级自己的创作，并不是他人的代言，到 20 世纪 40 年代，再也没有出现这种模式的创作。

① 刘德泽．一个裁缝底日记[J]. 劳动界，1920（14）：4.
② 李建．一个铁匠的日记[J]. 劳动界，1920（17）：3.
③ 张苹．一个人力车夫底日记[J]. 劳动界，1920（18）：4-5.

第三章　后新文学时期日记体小说的精神特质

20世纪20年代中后期，是日记体小说创作的爆发期，延续了新文化运动时期的书写规范，更多的作者加入了日记体小说创作的队伍，更多不同的题材和写作手法也被运用其中，这一时期出现了大量女性作家的作品，她们根据自身的生命体验塑造了一批以女性为视角的婚恋小说。男作家亦有成熟的作品，只是他们的视野已经向着广阔的社会搜索。这个阶段的创作呈现了两类不同的面向。一类是描写觉醒之后，知识分子苦闷反思的小说。经过轰轰烈烈的新文学运动，热情澎湃的新文学作家们进入了新文化运动的退潮期。连同创作的日记体小说人物一起，弥漫了苦闷的心绪，但也有了更多的深刻反思，这类作品多为女性创作，以丁玲、庐隐、石评梅等为代表，其中，丁玲1928年创作的《莎菲女士的日记》独树一帜，大胆地对女性的灵肉需求进行了肯定。一类是作者以陌生化的人物视角对黑暗、腐败的社会进行辛辣的讽刺，主要是男性作家的作品，集中于沈从文、张天翼的小说。

第一节　觉醒女性的思维意识与处境

新文化运动使一批女性走上了文坛，以笔抒怀，为现代女性发声，表达自由恋爱、获得与男性平等的地位等诉求，这是启蒙运动的直接成果，也是千年来中国女性前所未有的机遇，解放女性一时成为社会的大议题。“娜拉”式的女性人物为新文化运动时期的人们所向往和追捧，但早期作品中的女性意识并没有多少体现在小说中，直到后新文化运动时期，越来越多的作者对妇女解放进行了反思，追求自由，逃离家门的女性之后如何是人们关注的焦点。走出家庭，如何在社会立足，以何种精神意识立足是亟需探讨和表现的问题。那些遭遇解放的女子们，其女性意识的觉醒总是伴随着病弱的身体、哀愁的思绪，有些人物甚至是女作家自身处境的写照，她们与男作家笔下的思想解放的女子大相径庭，有其独特的女性意识。

关于“女性意识”，学界对其有着丰硕的研究，对它的含义也有着初步的界定。学者任一鸣曾对此有明确的定义：“女性意识应该是女作家的主体意识之一。首先体现为女作家明确的性别自认，即女性的自觉。在这个大前提之下，女作家以其特有的经验关注女性生活、女性生存处境、女性命运；以其特有的目光观照社会、过滤人生，从而对人生社会，尤其是女性生活有更多的发现，更深的理解。”[①]这个定义以女作家独特的经验为前提，认为她们能够以女性的立场来洞悉自我，审视外界，从而展现女性的生命特色。然而这个定义有着缺憾，容易忽略从小在父权思维熏陶下长大的女性经验的不可靠。

实际上女性意识将会随着历史、社会的变迁而改变其内涵，而就20世纪20年代中后期的女性日记体小说而言，诸文本中的女性形象都能在一定程度上反映出女作家的所感所见，若仅就女性经验来剖析其女性意识，将各有特色却稍嫌笼统，而无法察觉其细微却关键的转变，是以在此将更进一步引入女性主义的说法，将具反抗性的概念加入女性意识中，探看文本中的“女性主义”意识，具有此种女性意识的文学作品除了能够真实地反映出女性的生命、生活与社会经验以促使女性读者觉悟，也应该是一种抗拒性的文本，女性经验要在成为反抗父权意图的载体时，才有女性主义的意义。如同学者乐黛云所论，女性意识是要在社会层面上表现出女性所受的压迫及其觉醒后的反抗，而在文化层面了解女性在精神文化方面的处境。以下将以20世纪20年代的女性日记体小说文本为研究对象，从作家书写男女性形象的不同以及女性人物的处境着手分析女性作家的日记体小说中女性意识的普遍特征。

一、男女形象的颠覆性书写

在20世纪20年代末的日记体小说中，女作家的集中写作是文坛的一大亮点。觉醒了的知识女性，处在新旧交替的社会环境中，女作家的自身遭遇与生命体验是当时觉醒女性的普遍写照。日记体小说作为第一人称写作的便宜文体，成全了作家抒发心中所感的理想，同时，女作家独特的视角与情感也赋予了日记体小说丰富的内涵。

这一时期的女作家刻画的小说人物形象是颠覆性的。以此为基点，前后梳理

① 任一鸣．中国女性文学的现代衍进[M]．香港：青文书屋，1997：23—24.

日记体小说，一方面会发现男性是启蒙人、引导者，女性是被启蒙的角色，是男性塑造的理想中的人，比如鲁迅《伤逝》中的涓生和子君。另一方面，在形象塑造上，日记体小说的女主角是女学生、都会女性、职业妇女，而在男性作家的创作中，多描绘女性的外貌、衣着，充满诱惑力的身体等。如《玄武湖之秋——一个画家的日记》一文中画家E先生在幽静的秋湖散心时，偶遇数名闲游的年轻女学生，她们的天真可爱为E先生的乡居岁月带来不少愉悦，其姣好的外貌是E先生观看的焦点，不仅看面貌，也欣赏身体曲线，他具体地在日记里展示女性的肉体美，又因为自卑而患得患失。1930年，巴金发表在《小说月报》上的日记体小说《爱的摧残》中，以路易的男性视角对女性西蒙纳的肉体进行了描绘："我看见她半裸的身体……我的眼睛贪婪地望着她的肉体"。[①] 路易不爱她，又贪求性欲，在两个女人之间摇摆，最后作者给了他改过自新的结局。

而在20世纪30年代以后的日记体小说中，女性要么是坚毅的革命女性，如巴金《海的梦》中的里娜，要么是情欲化身的一类堕落女性，如茅盾《腐蚀》中的赵惠明。这些类型的女性形象，在现代日记体小说中占很高的比例。

20世纪20年代末，女性作家刻画出与以上作家相反的男女性形象，既不新潮也不美丽的新时代女性，在庐隐的《蓝田的忏悔录》与《曼丽》中，人物为纯洁诚实的年轻女性，外叙述者（即日记的作者）在小说的开端如此描述她们。

> 曼丽是一个天真而富于情感的少女，她妙曼的两瞳，时时射出纯洁的神光，她最崇拜爱国舍身的英雄。[②]（《庐隐曼丽》）
>
> 若讲起"漂亮"两个字她真轮不到。她长方形的脸蛋，一对疏眉倒还不错，不过太阔而且松散了，有些像参差不齐的扫帚。眼睛很够大的，不过眼珠嫌过分的突出，结果有点仿佛金鱼的眼睛。鼻子呢，是扁平的。嘴倒是四方海口，是古英雄的好嘴脸，然而长在女性的脸上，至少要损去许多嫣然的丰韵。说到身材姿态，虽没多大毛病，可是也没有什么出色的地方。倒是性子是极诚实而恳切的，若果和她交久了的人，无论谁都能因她的内质的璞美而忘记她外表的不大雅观。[③]（《庐隐蓝田的忏悔录》）

① 巴金．巴金全集：第九卷[M]．北京：人民文学出版社，1989：117．
② 庐隐．庐隐选集：上[M]．福州：福建人民出版社，1985：349．
③ 庐隐．庐隐选集：上[M]．福州：福建人民出版社，1985：295—296．

不同于男性作家喜爱描写女性的身形肉体，庐隐笔下的曼丽和蓝田分别是有着纯洁的眼神与璞美的内质的女性，这种纯美的本质是作家赋予人物的最初设定。曼丽因为崇拜救国的英雄，天真地加入政党工作，却大受打击；蓝田战胜封建的家庭后，却因为本性单纯而被浮荡少年瞒骗，落得穷病的下场。她们美好的本质皆因世事艰险而蒙尘。作家着眼于女性的内在本质，即使外貌不雅观也可以担任小说的女主角，上述引文中蓝田的脸蛋的眉、眼、鼻、嘴都与美人样貌相去甚远，但她日记里流露出的愤懑之情、反抗之心却是值得注目的焦点。这种不将女性人物肉欲化的写作主旨，也同样出现于日记体小说《父亲》中，以元哥的眼界来观看他的年轻后母，元哥认为她是有才情，脾气和外表一样洁净的女子，并且以爱慕的口吻形容眼前这名女子的形貌。

> 我两只眼，只够看她图画般的面庞……她的两道眉，有人说像天上的眉月，有的说像窗前的柳叶，这个我都不加品评，总之很细很弯，而且——咳！我拙极了，不要形容吧！只要你们肯闭住眼，想你们最爱的人的眉，是怎样使你看了舒服，你就那么比拟她好了。（庐隐《父亲》）[①]

这是女作家透过男性人物窥看女性外貌所写下的记录，与其他男性日记体小说所塑造出来的女性形象不同。元哥的形容始终不带肉欲色彩，他运用古典文学中的眉月、柳叶等常见的喻体来形容后母的美貌，无法像男作家那样更细微地刻画出女子的身型姿态，甚至希望读者能闭上眼诉诸想象力，找出自己最赏心悦目的女子模样即可。在此，元哥的眼光中其实隐含着作家庐隐的女性自视，元哥有如女作家的内在审视者，后母则是被审视的女性，女性将部分的自己转换为被观赏的对象，将恋慕的情感投射于合乎中国传统审美标准的古典佳人的身影上。不过，后母虽然是佳人的翻版，却不再服膺于男性的需求，她反抗这段没有爱情的婚姻，选择含笑病逝。因而，女作家在运用负载千年文化的文字来书写日记体小说时，虽然仍不自觉地承接传统父权文化的审美习惯来自我观赏，却已经有意识要摆脱男性话语，不让女体成为男性肉欲与性爱想象的恋物对象。章衣萍在《桃色的衣裳》与《红迹》中都将女性塑造成为爱献身的女子。而女性日记体小说中

① 庐隐．庐隐选集：上[M]．福州：福建人民出版社，1985：242．

的人物作者未必都是有爱无性的，但她们从未在笔下卖弄女性身体，而是以一种主体的姿态来追求性爱，如《父亲》一文，后母在病逝前主动向元哥告白，向元哥的唇吻合，再如《莎菲女士的日记》中的莎菲更是癫狂于男性俊美的仪表，她们都曾经主动求索爱情。相较于男性日记体小说，女性日记体小说具有明显的反肉欲、去肉欲书写的倾向，她们致力于摆脱男权对女性身体的想象，而跨出获取性主体的第一步。

对女性形象的反肉欲，淡化身体形貌的写作是女性作家的特征性写作，而以女性为主体，对男性外貌、身体的写作则是日记体小说中难得的文本，不得不说这是颠覆性的创作。丁玲的《莎菲女士的日记》中的凌吉士与庐隐《一个情妇的日记》中的仲谦，他们的相貌或仪态都有较清楚的描写。这两篇日记体小说在叙述女性对漂亮男性外形的关注与自然欲望的表达有类似之处。

在外貌描写方面，莎菲与美娟都注意到男性的外形，她们突破传统女性的道德禁锢，带着欣赏美的感情来描写眼前的男子，美娟甚至将以花喻女可攀可折的手法，颠覆性地运用于男性身上，以白玫瑰的清香洁白象征仲谦的人格。而男性品格的优劣，是女性决定是否延续爱情的关键。凌吉士性感、具有吸引力的丰仪深深诱惑了莎菲，但他庸俗浅薄的心灵令莎菲瞧不起他，他更在乎金钱享受，娶妻后仍在妓院里恣意挥霍，还向莎菲暗示传统女子应遵守的规范，莎菲顺从生理的渴望获得他的吻后，便决定消退她曾投注的情感。迥异于凌吉士这名资本家，仲谦是政党里爱妻爱国的领导，他不仅有秀逸的外形，在美娟的心里更是一名情感忠实、人品高洁的男子，因而她愿意“牺牲一切应有的权利”，做仲谦忠心的情妇，最终更驯服于男性伟大的爱的理想，化小我为大我，选择投入群众革命作她“唯一的出路”。

综上，可以看出外形只是感官的激赏，男子的品格是女性在两性关系中择偶的重要条件，从凌吉士卑劣的灵魂，到仲谦的高大形象，还有《莎菲日记第二部》等作品中的男性，透露出理想的男性形象逐渐成形的迹象。《莎菲日记第二部》提到人物心仪的对象是为人生、为事业奋斗进取的男性，他们都投入社会运动，与仲谦一样视伟大的事业为生命的寄托，而私人渺小的爱情永远退居第二，只是《莎菲日记第二部》中的男性外形不似仲谦如此清晰。这种理想的男子形象与中国传统文学中的英雄、硬汉遥相呼应，他们被要求要顶天立地、保家卫国、刚健勇敢，而女性会被他们为事业而忘情的高贵的灵魂所倾倒。这些文本应和了随时代变化而产生的新型爱情关系，不再沉溺于“小情小爱”，爱情被包裹在家国大爱中。

在塑造男子形象的同时，女性似乎也宣称了自我的主体意识，她们坦言女性的欲望，以一种带有目的性的眼光观看男子的外貌，其中带有算计与“侵略”的意味，凌吉士和仲谦的身躯成为女性眼中的猎物，总想扑过去“一亲芳泽”，此中女性主导的姿态十分明显。那么是否可以说：女性能够通过描写男性形象来获得主体的地位，展现自主的女性意识？在此似乎可以获得肯定的答案。然而，需要进一步综合《莎菲女士的日记》与《一个情妇的日记》这两篇作品中的情节与话语才能够更周全地厘清其中的女性意识。莎菲展现出她灵欲双重索求的姿态，不盲从他人的话语，即使末尾需借流泪来表白，她仍是以主体的姿态来承担她抉择的后果。而庐隐笔下的美娟，她原先坚持自我真实的个性，追求自由恋爱，展现出女性自我的果断与尊严，但在十六则日记的最后两篇日记里，急转直下，生硬地扭转美娟原先的自主意识，简短数语便让美娟为自私的爱感到惭愧，她急于转变自我意识，实践男性的盼望，进入一个为革命梦想而奉献自己的模式。当然，这是作家庐隐为女性崛起、妇女运动找到的新出路，但其中传达出对男性话语的依附性，以及再次压抑女性的主体意识的趋向亦不容忽视。因此，女性对此类型男性外貌的观察，虽然确实可以使女性获得欲望主体的地位，但并不意味着观察者必定具有自主的女性意识。

二、知识女性的悲苦境地

在新文化运动至20世纪30年代的日记体小说中，无论是走出家门的新女性或进入婚姻的传统妇女，不论她们是否曾经奋力追求自己的幸福，她们最终都没有为女性找到可以昂首行走的出路。走出家庭踏上不健全的社会土壤的新女性们，总会遭遇社会现实的折磨而摧折生命力，呈现飘零无助的精神状态，除了在职业上的能力不被认同，如庐隐1930年发表的小说《归雁》中的纫菁，更为严重的问题是女性被以“妇女解放”“自由恋爱”为名义，行遂欲之私的浮荡男子所瞒骗，李欧梵曾指出庐隐作品里欺骗与受害的主题：“她们对于那个由男人支配的社会毫无准备。……那些花花公子们靠着那张能说会道的嘴皮子和那点自吹自擂的文学才能，熟练地玩弄‘自由恋爱’的游戏，并且利用了那些毫无社会经验的牺牲者们那种纯真的理想主义心态。”① 庐隐的《蓝田的忏悔录》便是一篇新女性受骗后的自白，女主角蓝田进入中学读书获取新知后，无法接受父母安排的婚姻，她觉得封建家庭对女性无情，她要走出家庭到社会寻找立足，却“出了火坑又沉溺入水坑”，她在大学里被何仁、王义以冠冕堂皇的话语所诱惑：“他们称赞我是奋斗的勇将，是有志气的女子，甚至谀我是女界的明灯”②，缺乏社会经验的蓝田便踏上歧路，“将心魂贡献于他们之前，充作他们尽量的捉弄品”③，待蓝田与何仁同居后才发现他将另娶他人，原来自己只是男性逞欲的牺牲者。庐隐以蓝田为受骗女子的代表，以文学作品反映当时的社会现状，希望女性能对这个提倡自由恋爱的男权社会深怀戒心，切勿把解放的希望寄托于利害关系次一层的男子身上，否则妇女解放将沦为男性不负责任的性爱借口。

如果结合庐隐的《时代的牺牲者》与石评梅的《林楠的日记》两篇作品来看传统妇女的遭遇，将发现男性投机分子是女性解放浪潮中的直接受惠者，已婚妇女的丈夫可以合理地以自由恋爱之名，行外遇之实。这一类型的男性多出现于反映女性受欺骗主题的作品里，他们或为移情别恋的丈夫，或为蓄意欺瞒的欺诈小人，是负面行为的象征型人物，这些被抛弃的妻子只好充当时代的牺牲者。林楠在觉醒后无法再忍受痛苦的家庭生活，却也不敢学娜拉出门远行，并非她仍依赖丈夫，而是她放不下孩子，而且社会也并未提供她独立的生路。作家庐隐直接借主角的笔批判《时代的牺牲者》中的张道怀为一个“欺诈小人”，指责《蓝田的忏悔录》中的何仁为“狡猾而残忍”的少年，并指出社会赋予男性的特权是女子不幸遭遇的罪魁祸首。石评梅在《林楠的日记》中虽然不像庐隐那么直白地谴责负心汉，却也侧写出男子面对发妻无情的态度，作无声的控诉。在林楠八月二日的日记里，她记录丈夫琳久别归来于当夜同房后的情态：“自从昨夜到如今，琳不曾和我谈过十句话。我走到那里，他躲到哪里，冰霜一般的脸，难以亲近，目光充满凶狠的无情。”传神地表现出男子变心后的举止，苦守寒窑多年的林楠此时仍不责怪丈夫，她关心丈夫“心底一定有深长的隐痛”，于得知琳与钱颐青的恋情后，林楠这名最大的受害者甚至还能将心比心反思琳与钱颐青的处境：“他们果

① 李欧梵．现代性的追求[M]．北京：生活·读书·新知三联书店，2000：210.

② 庐隐．庐隐选集：上[M]．福州：福建人民出版社，1985：302.

③ 庐隐．庐隐选集：上[M]．福州：福建人民出版社，1985：302.

真能毫不顾忌的去爱吗？我怕一样是人间被命运播弄的可怜者呢！”继而她试图提起勇气面对冷淡的丈夫，希望他能果断地处理“三角”问题，不料琳却只是“站起来打了个哈欠”，说：“我自然对不起你，不过父母也对不起我呢！”便让林楠持续在充满隔膜的婚姻忍受着，进退两难。在此，作家石评梅不仅刻画出一名无力冲撞封建制度，却以之为借口另寻新欢的懦弱男子，也塑造出一名令读者同情其处境的妇女，她在日记里不直截了当地批评丈夫，而是隐约地将两性关系置于自由恋爱、制度与责任三者之上，留予读者作深深的反思。

在这一时期，还有无家可归、身世凄惨、看尽人间悲剧的女性形象，石评梅于1927年发表《祷告——婉婉的日记》，婉婉寄居在福音堂，无处可去，无亲友可看。“世界上最可怜最痛苦的大概是连自己都不知是谁的人罢！连自己的父母都不知道是谁，连自己的父母都不知在哪里的人罢？……我是连树叶都不如……主啊！只有你知道，夜静的时候，世界上有一个可怜无父无母无兄弟姊妹的孤女，在月光下望着一堆落叶咽泪！”①而世上最痛苦的事情莫过于有了希望之后的绝望，在看护病人的时候，婉婉结识了杨怀琛，婉婉与他相处得很好，一度认为这是她的哥哥，当她满怀着希望想要“明天”问问他在十九年前有没有妹妹送到福婴堂，第二天杨怀琛却死去了。

这些20世纪20年代末的日记体小说反映出女性的生活和社会体验，其中的新女性不出卖色相，不附和男性的启蒙话语，失婚者亦能够直视该时代妇女解放的盲点，揭露男权社会对女子种种不平等的待遇，此处的女子不再扮演着被启蒙的角色，拒绝附庸，而能够在秩序之外发出反抗之声以彰显自我的女性意识。值得一提的是，她们的女性意识除了表现在反肉欲描写、直指父权社会的陷阱之外，也体现于姐妹之间的同盟情谊上，如在《蓝田的忏悔录》中，蓝田并没有仇视何仁的新夫人，她们反而彼此同情、相互安慰，使蓝田萌生“与全世界女性握手，使妇女们开个新纪元”的念头，而《时代的牺牲者》中，秀贞与丈夫欲娶的新对象林稚瑜，也都看清了丈夫欺诈小人的面貌，这些女子并不像《痴恋日记》中芷英和S姐彼此嫉妒、争宠，相反，她们为彼此提供温暖，将心比心，从而维护了女性作为人的尊严。

然而，这些女子寻找自己主体地位的同时，也身陷愁云惨雾之中，夹于新旧

① 石评梅．祷告——婉婉的日记[J]．晨报副刊，1927（1549）：14—15．

时代转变之间的女子只能以悲情苦叹的形象存在于文学作品里，面临觉醒后无路可走的窘境，人生仍是一片迷惘。

第二节　“失贞”女性的性格叙述

日记体小说的第一人称内聚焦视角适合新文化运动时期作家抒发他们丰沛的情感，而对其中的女性作家而言，身为中国第一批现代意义上的女作家，她们自我与周遭友人的生活常常是小说创作的底本，带有很强的自传性，那么可容纳大量的日常生活细节的日记体小说就成了她们叙事的最佳文体。从女性的日记里，能轻易地走入她们的内心世界，洞察其微妙的情感变化与复杂的心理状态。

新文化运动时期思想启蒙的核心之一是对女性的启蒙，启蒙者批判中国传统文化的一个重要依据就是封建礼教对女性的摧残。贞女、烈妇一直是传统礼教中备受推崇的女性形象，是传统文本中的最符合男权社会关于女性想象和要求的女性类型。女性的贞洁一直以来都是关乎生死的大事，对这一根深蒂固的观念的反抗在 20 世纪 10 年代的小说中初碰边界，在新文化运动时期的新文学作品中则被尖锐地表达出来。同样处于黎明前的黑夜，受到新旧思潮冲击的新女性有着相似的困境和不同的人生体验，而不同思维视角的 20 世纪 10 年代作家和新文学作家使这个热点问题呈现出不同的精神指向。

一、妇女问题与日记体小说的创作

在新小说发展地初期，女性往往被摒弃了性别特征，成为政治的符号。如思绮斋著的《女子权》，架空了历史，写一个叫作贞娘的女子参政的故事。南武静观自得斋主人所写的《中国之女铜像》，写为追求男女平等，女主角放足的故事。但这些作品的口号、呼吁说教式的叙述没有真正深入到女性的现实生活和心理世界中，当时的舆论环境对于女性性别特征的描写持敏感而拒绝的态度，彼时有评论者对林译《迦茵小传》评价：“女子而怀春，则曰我迦因赫斯德也，而贞操可以立破矣。”[1] 对于其中“怀孕”一节，认为“为中国社会计”，应该删去为宜。随着

① 松岑．论写情小说于新社会之关系 [J]. 新小说，1905（17）．

专业作家和读者群的形成，大量的西方文学与观念被介绍到中国，小说写作的内容与形式越来越丰富，讲述女子闺中琐事、日常生活的故事成为新兴读者的期待。林译小说《巴黎茶花女遗事》刊出以后，日记体受到作家们的青睐，成为“新体文言小说”的一类体裁。

在妇女问题的创作实践中，日记体小说作为比较活跃的文体形式以其独特的文体特征深受作家们的喜爱，并且在诞生之初就是20世纪10年代文学讨论妇女问题的推动者，其中直接或者间接地塑造了一批“失贞”女性的形象。譬如20世纪10年代文言日记体小说中最有代表性的两部长篇小说：徐枕亚的《雪鸿泪史》、李涵秋的《雪莲日记》，描写了“失贞”女性在当时社会的生存状态。之所以以日记形式来讲述女性故事，一是因为日记体小说的生活化，内容贴近普通市民的日常生活，比政治类、历史类等小说更容易产生共鸣。二是因为日记具有私密性，往往是记述的不能被公开的私事，将女性敏感话题以日记形式记述对于作者来说更容易描写心理情绪，对于读者来说这样新奇的形式更能激发人们的阅读欲望。三是因为日记体小说的第一人称叙事。郁达夫认为：“日记通常以第一人称写作，因而便于作者精细地直叙主人公的心理状态，读者不致怀疑，易于确立文学的真实性：在日记里，无论什么内容都可以写，便于作者自由自在地表达……”①这也可以从侧面反映出除了西方译介小说的影响，20世纪10年代小说家和新文化运动小说家对日记这一体裁自觉选择的原因。为此作者常常要伪造日记的真实，比如某日捡到某某的日记等，徐枕亚的《雪鸿泪史》，就是“托何梦霞日记”，并在自序中称“余著是书，意别有在，脑筋中实并未有‘小说’二字，深愿阅者勿以小说眼光误余之书”②，希望读者感受他的锥心之痛，而不是当作小说来读。《雪莲日记》则署名“雪莲女史原著，江都李涵秋润词”，设计了女主角雪莲把日记交给作者的情节。到了新文化运动时期，出现了一系列日记体小说，如白采的《被摈弃者》、庐隐的《父亲》《蓝田的忏悔录》、鲁迅的《伤逝》、石评梅的《林楠的日记》、丁玲的《莎菲女士的日记》等。这些小说都对“失贞”女性进行了深入复杂的探讨。仍有许多作者沿用“设计真实”的方法，但往往会以他者的身份进行一番评论，如《被摈弃者》，结尾处作者交代日记来源：“我拾

① 郁达夫．郁达夫文集：第五卷[M]．广州：花城出版社，1982：261．

② 陈平原，夏晓红．二十世纪中国小说理论资料：第一卷[M]．北京：北京大学出版社，1997：553．

得这一卷稿子，的确是女子写的……”并发出感慨“我不知道伊是什么人……但这是一件何等悲惨的故事呢！”①《蓝田的忏悔录》则以两位好友看蓝田的日记为切入点，日记后附有好友的按语：“天下不止一个蓝田……我辈都不能不存戒心。唉！黯淡毁灭，正式现在的世界哟！”②从两个时期的文学对于“失贞”女性描写的对比既可以看到思想启蒙的不断深入以及作者本身不同的文化心态，也可以看到日记体小说的现代转型的特性。

二、日记体的“我”与“失贞”女性性格曲线描摹

小说家对于失贞女性的解读，比刻画普通女性更加深入，因为封建家族的藩篱、世俗的眼光，失贞女性自身的痛苦矛盾和悲惨的境遇都是能够引起共情的素材，也更能触及社会的痼疾。随着新思潮的涌入以及现代小说的进一步成熟，作家们把关注女性自由平等的问题从政治平等上扩大到婚姻和自身命运上，是一大进步。运用日记体的形式则更有助于作者表达出主观意愿。相比较全知视角的古典小说结构，日记体小说的第一人称叙述则更能透彻地把问题展现给读者，这归功于日记体小说的叙述者“我”的出现。“我”只讲述“我”的所见所闻所感，以“我”为线索单层次地叙述、推进故事，有助于表达个体内心的情感。这个特征在新文化运动时期被较成熟地运用，深入到女性内心世界，表达她们的真情实感，而在 20 世纪 10 年代时期，由于作家自身的视野局限及写作环境等因素的影响，言情小说中多是对女性恋爱或者婚姻不自由的苦闷的描写，对“我”的内心世界的挖掘则浅尝辄止。

近代小说家蒋箸超曾总结 20 世纪 10 年代盛极一时的言情小说：“大率开篇之始，以生花妙笔描写艳情，令读者爱慕，不忍释手，既而转入离恨之天，或忽聚而忽散，或乍合而乍离，抉其要旨，无非为婚姻不自由，发挥一篇文章而已。”③新文学时期鲁迅在北京女子高等师范学校文艺会上的一篇演讲《娜拉走后怎样》中敏锐地捕捉到时代新女性纷纷走出旧式家庭、追求自由婚姻的这一社会问题，并以冷峻的眼光揭示出“娜拉们”的命运：不是堕落，就是回来。

---

① 白采．被摈弃者[J]．创造周报，1923（16）：28.
② 庐隐．庐隐选集[M]．天津：百花文艺出版社，1983：307.
③ 蒋箸超．白骨散[J]．民权素，1914，4（1）.

从20世纪10年代小说的“婚姻不自由”到新文学时期“娜拉走后怎样”，这也是该时期日记体小说家对“失贞”女性的人生思考。采用日记体作为写作体裁是一种叙述的敏锐和自觉。徐枕亚和李涵秋都是20世纪10年代著名的报人和小说家，他们对读者的阅读期待十分了解，1912年徐枕亚发表了《玉梨魂》，一时洛阳纸贵，成为“近二十年来销行最多的一部”[①]。在1914年徐枕亚受林译小说《巴黎茶花女遗事》的影响把《玉梨魂》改成《雪鸿泪史》，托“何梦霞日记”。几乎与此同时，李涵秋的《雪莲日记》在1912年发表于汉口的《大汉报》，1915又连载于上海的《妇女杂志》，别题为《江东烽火实录》。两部小说都写于辛亥革命后，一改辛亥革命前期小说中用对话、插语的方式引入大量宣传性的内容，在哀怨缠绵的“才子佳人”的小说模式下，有着作者对社会、革命的自觉反思，以及在时代大背景下对个人命运的凭吊和深刻的思考。《雪鸿泪史》中的“失贞”女性白梨影，是一位寡妇，丈夫早逝，和公公崔老翁、小姑崔筠倩、儿子鹏郎一起生活，一直恪守着礼教，与给儿子做家教的小说叙述者何梦霞从未见过，却被何梦霞的“葬花”行为所感动，主动到何梦霞的房间拿走了他的诗集，被何梦霞的才情打动，两人诗词唱和，产生了感情，但是两人的感情于理不容，白梨影撮合小姑崔筠倩嫁给何梦霞，但是两人都不能放下情感，白梨影抑郁而死，崔筠倩觉得对不起嫂子也郁郁而终，何梦霞远走他乡。《雪莲日记》中的“失贞”女性是小说的叙述者雪莲的姐姐星莲，日记详细地记述了“武昌变乱”后满族女子雪莲的家庭变故，以及星莲、雪莲姐妹逃出南京城后的见闻感受。星莲因被仆人刘桂诱奸，视刘桂为自己的“天”，隐瞒了家里人，在“武昌变乱”爆发后，假扮刘桂的妻子逃亡，逃难中软弱到一切听从刘桂的安排，却嘲笑、陷害自己的亲妹妹，后来与刘桂逃到常熟，又攀上黄金山作妾，而自解为“婚姻自由”，最后被赤身抛尸于沟渠。两部小说中，《雪鸿泪史》塑造了一个寡妇恋爱的故事，同时她也是古典知识女性，恪守礼法，《雪莲日记》则从反面把星莲塑造成一个打着“新女性”的旗号，淫乱无知、自私自利的形象。从作者的情感倾向看，20世纪10年代文人对于白梨影是同情的，对于星莲这种因失去了贞洁就堕落的女子是痛恨的，对于“深明大义”的雪莲守住贞洁，甚至听说夫家遭难后，几乎自尽相殉的行为给予赞赏。小说的确抨击了那个时代封建礼教的残酷，范烟桥也结合当时

① 张静庐．在出版界二十年[M]．上海：上海书店，1984：37.

的社会背景给予说明："辛亥革命以后，'父母之命，媒妁之言'的传统婚姻制度，渐起动摇，'门当户对'又有了新的概念，新的才子佳人，就有新的要求，有的已有了争取婚姻自主的勇气，但是'形格势禁'，还不能如愿以偿，两性的恋爱问题，没有解决，青年男女为此苦闷异常"。[①]20 世纪 10 年代作家们更多地关注"婚姻不自由"的女子的悲惨命运，但同时对婚姻自由也持谨慎态度，对"失贞"女性的"自由"是有无形的限度的，虽然本质上仍是宣扬雪莲这样忠贞不贰的女性，但对于寡妇恋爱而不得的苦痛的叙述亦是很大的进步了。

新文化运动时期思想启蒙运动比 20 世纪 10 年代时期更加深刻而猛烈，女性问题成为重大的社会文化问题，个性主义唤起了被封建文化道德窒息了的青年一代的人的觉醒，"娜拉式"的叛逆女性，便成为文学礼赞的英雄，但青年的精神危机也随即产生，如此就产生了对"娜拉走后怎样"的反思，日记体小说创作中的"失贞"女性形象，则为反思个性主义价值提供了很好的素材。这些女性大多是思想解放的拥护者和亲身实践者，她们受过西方的现代教育，呼吁婚姻自主、个性解放，这些新时代的女性又有着怎样的遭遇呢？新文化运动时期的"失贞"女性大致可以分为两类：被引诱者和被抛弃者。被引诱者一类的作品有庐隐的《父亲》《蓝田的忏悔录》、丁玲的《莎菲女士的日记》等。其中庐隐写于 1925 年的日记体小说《父亲》中，"失贞"女性是日记的叙述者的继母，十年前被叙述者的父亲骗婚，不但家里的钱财被男人占有，还要忍受男人在老家有妻子有孩子的真相，与叙述者相爱了，但是因为贞节伦理的阻碍拒绝了继子，女人得病而亡。在 1927 年的《蓝田的忏悔录》中，蓝田抗拒父亲和继母的包办婚姻，离家出走到北京求学，一些青年对她的勇气大加称赞，在"得到这意外的称许和慰藉"时，受到青年何仁的引诱同居，何仁一边欺骗她一边与别人订了婚，蓝田大受打击病倒。这两部小说中的"失贞"女性形象有着白梨影的影子。在《父亲》中，继母与继子之间的恋爱比之《雪鸿泪史》中与寡妇恋爱更多了一层对伦理道德的冲击，与《雪鸿泪史》中何梦霞只与白梨影匆匆见过四面相比，继母临死前的主动亲吻表现了女性更大胆的情感表达，不再局限于精神沟通。在《蓝田忏悔录》中，蓝田更是拒绝包办婚姻，与喜欢的男子同居，设置被欺骗的情节是对女子盲目追求

① 魏绍昌．鸳鸯蝴蝶派研究资料[M]．上海：上海文艺出版社，1984：355.

个性解放而忽略人性的反思，对成为“旧礼教的耻辱，甚至于新学理的玷污”[1]的忏悔。相比之下，1928年丁玲的《莎菲女士的日记》则塑造了一个有着清醒判断、坚决的反叛精神，却在现实中矛盾重重的女性形象。作者刻画的莎菲早已抛弃了封建礼教道德，她对那个有迷人仪表的新加坡男子凌吉士有着狂热的迷恋，然而男子“高贵的外型里”安置着“一个卑劣灵魂”，在“女人只是把心思放到她要征服的男人们身上”[2]的心思的支配下，在孤寂而饥渴的情欲的控制下，莎菲虽然沉迷于凌吉士的俊美，可是却又在鄙夷自己的内省中将凌吉士放弃。莎菲是敢于正视性欲和情感的女性，她的灵魂孤独又高傲。觉醒了的现代女性无法在这个病态的社会生存，这才是作品的深意所在。被抛弃者的作品有石评梅的《林楠的日记》、白采的《被摈弃者》、鲁迅的《伤逝》。在白采的《被摈弃者》中，日记的叙述者怀了男人的孩子后被抛弃，出于对孩子的爱生下了孩子，却由于社会舆论的逼迫，失手溺死了自己的宝宝，变得疯疯癫癫。在石评梅的《林楠的日记》中，林楠是师范的毕业生，受过正当的中等教育，嫁给琳后，却只能在家里照顾老人和孩子，而琳在他乡有了红颜知己，林楠被丈夫抛弃了，但是为了孩子只能忍耐着，与丈夫维持着名存实亡的婚姻。即使两个受过个性主义思潮洗礼的年轻人结合，但是旧式的家庭观念也会使分隔两地的夫妻走向末路。相比之下，鲁迅的《伤逝》从男性视角更加细腻地深化了这一问题，子君没有像林楠一样嫁进旧式家庭，涓生和子君只是在空间上脱离了旧式家庭，但不代表摆脱了旧式社会的家族制度，一个追求自由和爱的子君没有在精神上和经济上独立，没有成为更好的自己，从而被涓生抛弃，是社会的悲哀，也是个人的悲哀。被抛弃的子君最终回到封建家庭而死亡。

20世纪10年代日记体小说与新文化运动时期日记体小说对于“失贞”女性的塑造代表着作家们的不同观念，徐枕亚与李涵秋的作品揭示了辛亥革命前后文人对于个人情感的关注，对于个人情感被封建礼教所束缚的悲惨境遇的同情，但是他们无力抗争社会道德风气，只能牺牲个人情感，回到“发乎情，止乎礼”的礼教传统中。新文化运动时期的作家们则是通过对这些已经觉醒了的却仍被抛弃、被诱惑的女性的描写反思曾对封建主义产生过巨大冲击力的个性主义，并把悲剧

① 庐隐．庐隐选集 [M]. 天津：百花文艺出版社，1983：301.

② 丁玲．丁玲全集（3）[M]. 石家庄：河北人民出版社，2001：27.

的根源指向了封建社会。鲁迅就在杂文《我之节烈观》中指出，节烈之说，不仅是传统礼教造成的，而且在中国已经成了社会无意识的集体行为，成为中国国民性的痼疾之一。

三、日记体“独语”叙述下的悲凉底色

无论是 20 世纪 10 年代时期，还是新文化运动时期，日记体小说的文体特性都极大地促成了作者的哀伤与感伤情绪的表述，并且从这一时期可以看出日记体小说形式的现代转型的历程。日记体小说运用“独语体”[①] 的话语方式，削弱了小说的故事情节，以情感流动来建构小说的特点，把“失贞”女性的生存状态、对人生命运的态度表现得淋漓尽致。

首先，从 20 世纪 10 年代到新文化运动时期描写“失贞”女性的日记体小说都有着强烈的悲剧意识，这些小说的“失贞”女性都以悲剧收场，并且大部分都以死亡为结局，这也是现代小说发展中的特点之一。这些“悲剧”的叙述都离不开时代背景的渲染，结合当时的社会背景、文化风气，更加具有伤怀的氛围。《雪鸿泪史》的故事发生在辛亥革命前夕，叙述者描述了乡野的萧条破败，有志之士都漂洋过海，为国家兴亡奔走。《雪莲日记》是在辛亥革命发生后，以满族人逃亡为背景的。《莎菲女士的日记》《伤逝》等写于新文化运动、新文学运动落潮时期，在觉醒了的青年普遍迷茫反思的背景下。所以这些悲剧的“失贞”女性不仅是中国文学现代意识觉醒的重要形象，也是写作主体对当时社会真实的生命体验。刘纳曾说：“婚姻不自由的题旨一般只表现在小说情节的浮面，更重要的是作者们以哀惨的故事与人物完成了使自己‘伤心’的感情世界境界化、形象化的过程。”[②] 在辛亥革命失败后，在剧烈的价值观颠覆的过程中，哀伤成为 20 世纪 10 年代小说家创作的普遍情绪与境，而“失贞”的女性，成为为作者渲染哀伤的最佳选择。徐枕亚的《雪鸿泪史》，出现了两种不同类型的女子——“动人哀怜的婿妇梨影”和“已深中新学界之毒”的筠倩。作者以男主人公何梦霞的视角作过一番比较，

① “独语”是一种内敛的散文叙述方式。它的最大特点是封闭性与自我指涉性。独语体不顾及与倾听者的交流，而只注重自己孤寂的内心世界，通过强化自己内心的孤独感与荒凉感，表达一种个体面对世界的生命体验，也实现一种常有幻想色彩的审美追求。

② 刘纳．嬗变：辛亥革命时期至五四时期的中国文学 [M]. 北京：中国人民大学出版社，2010：108.

认为两个女子都有过人的品质，前者平淡可怜，后者绚烂可爱，作者怜惜白梨影，其情感兴趣的偏向是极为明显的。可以说，女性的哀怨比她们的美丽更使这一时期的小说作者着迷，尤其是白梨影这样的年轻寡妇，小说打破古典小说的“大团圆结局”，把哀伤的情感抒发到极致。徐枕亚也坦率地说：“欢娱之词难工，愁苦之音易好。诗文如是，小说亦然。”① 这正是说明哀伤的情感符合当时文人和民众的文化心态。到了新文化运动、新文学时期，感伤的情绪弥漫着文坛，正如鲁迅总结的：“但那时觉醒起来的知识青年的心情，是大抵热烈，然而悲凉的。即使寻到一点光明，‘径一周三’，却是分明的看见了周围的无涯际的黑暗。”② 在新文学中普遍存在的充满感伤、孤独、忧郁的自我形象在新文化运动时期的“失贞”女性身上，比之20世纪10年代时期的哀伤更加复杂、深邃。相比较白梨影们的怨恨命运的捉弄，新文化运动时期的女性们则是对自身的悲剧有着清醒的认识，对社会礼法愤怒地质问。在庐隐的《蓝田的忏悔录》中，蓝田在被欺骗后，身心交困，认识到男女地位的不平等，“本来男子们可以不讲贞操的，同时也可以狡兔三窟式的讲恋爱。这是社会上予他们的特权，他们乐得东食西宿”③，并对来自社会集体的舆论压迫也有感触：“似乎无人不是在窃窃的私议着我的污点……然而人类但凡肯存一份的原谅心，容我稍稍的回旋，我不敢奢心求人的协助，只求人不要过猛烈的破坏……我并连此最小限度的要求，也没有人肯轻抬他或她压抑的手使我闯过这一关呵！”④ 愤怒地质问：“诺大个世界怎么就没有我翻身的余地。”⑤ 在《伤逝》中，鲁迅为读者创造的情感氛围，不仅是感伤，更是“虚无”。子君在小说中是以涓生的视角展现的，日记对子君有大段的留白，只有少量的话语和行动的描写，但是她的情感从热烈到冷却到失望、恐惧，最后心灰意冷，读者却能清晰地感受到，留给人们对女性独立的深深思索。

其次，日记体小说现代转型的完成并不是因为以白话文创作，真正使思想变革作用于白话文本的是话语方式的变革。在20世纪10年代日记体小说的创作中，已经形成了独语体的倾向，但是往往作者在叙述中又带有浓重的古典小说中

① 李定夷．茜窗泪影[M]．上海：上海国华新纪书局，1933．
② 鲁迅．中国新文学大系：小说二集[M]．上海：上海良友图书公司，1935．
③ 庐隐．庐隐选集[M]．天津：百花文艺出版社，1983：305．
④ 庐隐．庐隐选集[M]．天津：百花文艺出版社，1983：305．
⑤ 庐隐．庐隐选集[M]．天津：百花文艺出版社，1983：305．

的直叙方式，从而使20世纪10年代日记体小说形式僵硬。如第一部日记体小说《雪鸿泪史》，全文按月份记载，可以称为“月记”小说，但是小说一改“新小说”里第一人称“我”的配角地位，把叙述者“余”提升为小说的主角。值得一提的是，《雪鸿泪史》与《雪莲日记》中两个“失贞”的女性都不是小说的叙述者“余”，白梨影的哀伤大多数是通过何梦霞看到的诗词书信中展示出来的，星莲的哀伤则是隐晦地通过雪莲的所见所闻展示出来。小说重视语言与写作技巧而淡化故事情节是一大进步，但是也暴露了刻意炮制日记的缺点，比如《雪鸿泪史》中“知一点灵犀，已早作来日大难之警告，而当时固未之觉也”，[①] 到了新文化运动时期，作家的写作手法更加纯熟，一方面，作者的内心感受得以自由、真实地表达出来，对于心理活动的细腻深刻的描写是重要的收获。另一方面，这种自诉不是毫无章法地随意抒发，而是围绕主题，层层递进，抒发和反思兼顾的自诉。石评梅的《林楠的日记》在小说开篇的时候就直抒胸臆，都是婆婆对“我”的苛责，女儿咳嗽，“怪我太疏忽了”，去拿药的时候也是“面色沉得很厉害”，“我”伸手接药瓶的时候“手是抖索着”的，开篇就见“我”在家里处境艰难。在第二篇日记的开始，就说“琳昨夜归来了……我心如绞”，表现了在不得婆婆喜欢之后，又被丈夫抛弃的心痛，“我”痛恨自己“不敢像娜拉一样发脾气关上门就走”，最后表达了为了孩子，“使我置身在这苦痛中生活”的无奈与辛酸。这种自诉的“独语体”的话语方式实现了以内心情感的流动来建构小说的叙事结构，而不是按照故事情节的顺序发展。《莎菲女士的日记》卓越的心理描写一直为人所称颂，作者深入到莎菲的内心，把她时而理智、时而狂热的矛盾心理细腻地展示出来。全文共31篇日记，用莎菲对凌吉士的爱慕—幻想—追求—满足—幻灭的结构行文，清晰的心理情感流动，内心的苦闷、挣扎、感伤跃然纸上。初见凌吉士，就表达出人类最直接的感官反应，“呀，我看见那两个鲜红的，嫩腻的，深深凹进的嘴角了。我能告诉人吗，我是用一种小儿要糖果的心情在望着那惹人的两个小东西”。[②] 在进一步接触后，又懊悔自己对他的性欲，有着“一个正经女人所做不出来的”矛盾，转而又在狂热地想“我要占有他，我要他无条件的献上他的心，跪着求我赐给他的吻呢”，[③] 在认识到凌吉士的卑劣时，又理智地自我谴责，“为什么呢，给一

① 徐枕亚．玉梨魂 雪鸿泪史 [M]. 北京：北京燕山出版社，1994：122.

② 丁玲．丁玲全集（3）[M]. 石家庄：河北人民出版社，2001：22.

③ 丁玲．丁玲全集（3）[M]. 石家庄：河北人民出版社，2001：22.

个如此我看不起的男人接吻？”反复的矛盾心理冲击着“我”的灵魂，勾勒出知识青年复杂的心绪与使他们陷入悲境的时代背景。

莎菲能够超脱长久的社会制度下根深蒂固的观念，她跳脱了二元逻辑，她书写日记的当下可以获得安心与愉悦，显现女性的异质性声音。然而现实生活里的“莎菲”是否真的快乐？从20世纪20年代到30年代的社会现实来看，当时的女子若不放弃自身的女性立场，便只能作为以男性为主流的社会结构之外的异己而生存，身为知识分子的女性即使借书写发声，也难以达成有效的沟通，恰如莎菲向剑如寄出信函、对毓芳吐露心声、拿日记让苇弟阅读，皆换来冷漠及误解，而能体会莎菲想法的蕴姊已死，西苏那种书写当下的女性自足与颠覆男性话语的概念，在落实到现实时，似乎就成了难以企及的乌托邦神话，莎菲依旧孤独，她“对于一切都觉得无意识，流泪更是这无意识的极深的表白”①，她仍与其他新文化运动女作家笔下的女性人物作者一样，是病弱的女子。

莎菲求索理想爱情的失败，直接反映出她个人的苦闷，并间接地体现出一个时代的苦闷。丁玲在复出文坛后，曾谈过她对莎菲的看法：“那时候，这种女性，这种感情还是有代表性的。她们要同家庭决裂，又要同旧社会决裂，新的东西到那里去找呢？她眼睛神看到的尽是黑暗……她想寻找光明，但她看不到一个真正理想的东西，一个真正理想的人。她的全部不满是对着这个社会而发的。”②其实不仅莎菲如此，庐隐笔下的曼丽、丽石、蓝田等女性所看到的也是无望的社会。《莎菲女士的日记》发表于1928年，若将《莎菲女士的日记》与前行者的日记体小说加以比较，可以发现在新文化运动时期女作家创作中“有爱无性”的局限已被莎菲突破了，她将女性放置于性主体的位置，而与后期的日记体小说比较，其特殊之处在于她不仅如丁玲所论，能对外界社会发出不满之声，更在于她能向女性内里挖掘出矛盾。这种内省型视角到了1931年丁玲的《杨妈的日记》，已转换为外审型视角，用以查看并记录工农大众的生活，女性的内在个性渐渐消弭，转而投身社会运动，不再细腻地表达女性的心理。

基于对“失贞”女性这一问题的探讨，对于日记体体裁的运用，可以看出从20世纪10年代到新文化运动时期有一些共通的关系，无论是对于社会转型中的

① 丁玲．丁玲全集（3）[M]．石家庄：河北人民出版社，2001：53．
② 许华斌．丁玲小说研究[M]．上海：复旦大学出版社，1990：35．

热点问题的关注，还是对于新文体的创作和探索，20 世纪 10 年代的小说家都没有缺席，对于新文化运动时期这些经典的“失贞”女性形象也不是孤立存在的，无论是莎菲，还是子君，她们是以群体的形态存在的，她们的个性和命运被社会的车轮碾压，但她们的内心情感不应被时代的洪流所淹没，摒弃理性与主义，倾听她们的心声，是走进当时历史时代的一个路径。

第三节　“我”的不可信与讽刺笔法

在 20 世纪 20 年代末，日记体小说从个人的情感书写到对社会时政的关注已经初见端倪，部分日记体小说会将小说主角塑造成一名不可信的叙述者，他往往无法与作家形象重合，其自以为是、不合理、具可笑成分的思维模式使自己成为作家所否定的人物代表，往往作者以这种荒诞的小说人物来讽刺时世。

一、各具特色的讽刺小说

论述讽刺笔法的日记体小说，不得不说许钦文、沈从文与张天翼，他们是现代文学的重要作家，在写作上风格迥异，各有天才。他们在 20 世纪 20 年代末至 30 年代初都密集地写作了日记体小说，如许钦文的《一周间》、沈从文的《篁君日记》《呆官日记》、张天翼的《鬼土日记》，这四篇小说都以讽刺的手法来表现主题。从小说所表达的思想价值来说，都重视道德批判与社会批判，是把作者置于文本之外的，荒诞的人物与作者距离很远。

许钦文的《一周间》，日记作者杨作音是一名男性教员，他对女性有许多个人评判的标准，看重女性外貌，但又觉得“不搽粉才显得出真相，真相好才是真好”，基于这种“真”的要求，他锁定结婚对象为方琴，数日的日记里皆表明他自认为坚贞的爱意，直到订婚前他与方琴接吻后，他在二月六日写道：“第二次和她接吻，我不再慌忙，滋味就差，刺激也就平淡得多了。……一和方琴订婚，许多好的女子就都绝了望，无怪我要不期然而然地感到说不出的苦闷。”[①] 男性在亲吻后，刺激消退就失去了兴趣。二月九日这名有见地的教员便将自己的苦闷诉诸

① 许钦文．许钦文代表作[M]．北京：华夏出版社，1998：163．

文字，撰写《离婚自由》发表出来，把他思想变迁后寻求解放自己的话语说得头头是道。《一周间》的人物将男性病态的恋爱观表露无遗，作者借其唐荒可笑的言行嘲讽某些以知识、学理、道德包装自己的男性的本质。

沈从文的《篁君日记》开篇就是璇若序，表明这是“我”二表哥的一册日记的副本，没有改头换面的被“我”拿来发表了，紧接着，又有自序，表明这短文是对妻子的一点忏悔。后来证实这篇小说是根据沈从文姐夫田真一的部分事实写的。小说从结构上就极具讽刺的意味，文前的璇若序是小说的结局，诉说文中的主角离开北平去东北成为了山寨大王，很有些传奇的色彩。文中的自序则是主角对这篇小说作了解释。而整篇日记描写的却是官僚生活的百无聊赖，主人公莫名其妙地纠缠在婚外恋中，见一个爱一个，与身边的四个女子左右逢迎的故事。这就和文前的璇若序形成了巨大的落差，看文前序的时候以为这是一个励志的弃文从武的故事，文风也应该是充满豪气而硬朗的，可是小说中的故事却完全相反，是纠结缠绵的文风，最大的落差出现在小说结尾，毫无预兆地以一篇日记作为结尾，并且对文前所提到的变故没有作任何解释，文前序中的土匪形象对文中的小官僚的桃色艳情形成了对比、讽刺。沈从文的《呆官日记》这篇小说没有序言，但仍然使读者感到视角人物与作者的分离是因为小说的主人公是一条狗，叫作阿大，这条狗仗着主人是国家大员而成为一名官吏，欲望与《篁君日记》中的主角相同，也同样对女人有着强烈的渴望，与前者不同的是，这篇小说透过狗的眼睛，描写了很多社会问题，语言絮絮叨叨，讲这条狗如何在岗位上兢兢业业，甚至懂得为官之道，谨慎、懦弱，还是幻想狂，渴望爱情，自以为是，最后死于非命。这几乎是当时普通社会青年的真实写照，也是沈从文 20 世纪 30 年代之前愿意写作的题材，虽然《呆官日记》几乎不被人提起，但是看了作品会发现，他后期作品中写作的题材在这篇小说中都是有迹可循的，志怪、讽刺与抒情、爱情与死亡都在小说中有所体现。

无论是《篁君日记》还是《呆官日记》，小说的叙述者都是作品中的直接行动人、参与者，而张天翼的《鬼土日记》始终将日记的记述者韩士谦定格为纯粹的局外人，小说写的是韩士谦在鬼土世界中的所见所闻，见证了一届政府如何上台和下台，又如何回到阳世的事。作者是在从反方向上说鬼土世界的滑稽、畸形，就是现实社会的缩影。小说在日记中有韩士谦给读者的一封信，信中写道：“鬼土社会和阳世社会虽然看去似乎是不同，但不同的只是表面，只是形式，而其实这两个社会的一切一切，无论人，无论事，都是建立在同一原则之上的。这两个社会是一样的，没什么差别。”[①]夏志清评价这部小说在感时忧国的题材中，表现出特殊的现代气息。小说许多设计都新奇有趣，小说人物取名为“司马吸毒”“巴山豆”等，对于文学专家“黑灵灵”则进行了极端的刻画，每次说话为了彰显自己的文学能力，都让人不知所谓，比如参加聚会，主人问他为什么这个时候才来，他答道：“因为刚才我铅笔的灵魂浸在窈窕的牛屎堆里了。”[②]而其他人听了这话，都是一副严肃的表情。鬼土世界中分为上流人和下流人，上流人控制着国家，下流人是被奴役的工人、农民等。上流人把鼻子作为性器官，以蹲便和坐便区分政党，把女性称为“乖乖”，并且女性是可以用金钱买来的“商品”，婚姻是一场讨价还价的交易，政治是财团之间的博弈。小说把现实社会的种种失德、腐朽、不平等的现象加以润色和象征，呈现了一个滑稽可笑、虚伪至极的社会图景。

许钦文的日记体小说的讽刺是在事件中潜移默化的；沈从文的日记体小说的讽刺是带有抒情性的，不是明目张胆的，往往纵观全文才能看到作者反讽的意图；张天翼日记体小说的讽刺是不动声色的咄咄逼人，辛辣明了又充满了趣味，是直接的政治批判。这四篇日记体小说丰富了日记体小说的内容，无论是人物塑造还是语言风格都具有鲜明的特点。其中沈从文的《呆官日记》既批判社会，也自我批判，具有一定的代表性，在下节作具体分析。

二、隐没于宏大叙事的自我嘲讽

日记体小说中，叙述公务员这类职业的作品并不少，20 世纪 40 年代以《公务员日记》命名的就有程远和达的创作，但主要始于 20 世纪 20 年代末至 30 年代初，《呆官日记》是其中重要的一篇，这个职业群体引起作家们的注意与时局有着很大的关系，国家危亡，而政治腐败，人们愤慨公务员拿着工资却无所事事的现象，沈从文描写的公务员比较特殊，是一条狗，用第一人称的陈述，不仅讽刺腐败的官僚风气，更对身为其中的自我进行了嘲讽。阿大在第一则日记中自称为一条狗，说：“一个狗当然不好说谎，忠实于某人或某党，骗钱骗饭，但我还有

① 张天翼．张天翼文集：5[M]．上海：上海文艺出版社，1985：5.
② 张天翼．张天翼文集：5[M]．上海：上海文艺出版社，1985：17.

我自己。”[①]将自己跟其他“有学问”，会在日记上“做文章”的人划分开来，也声明了自己的日记不会有谎话。的确，阿大的日记并没有故作清高、附庸风雅的谎话，自三月十日他进入革命政府担任二等科员后，他始终在日记里忠实而认真地记录他每日的见闻，那些政府里的人、事、物依常人来判断是不正确、需要批评的，但阿大却信从、效仿。他在三月十二日的日记里写道：“我如今是正在做官。练习我的懒惰，到了家，则就是我升迁的时候了。事情越大越不必做事，这是在中国做官特别的好处。这有什么办法呢？制度是这么定下，习惯养成于前清，在先不明白伟人的身体气魄健壮的原由，这时可就全体知道了。”[②]阿大成为官员后，在体制内观察得知高官不必做事，而“伟人”是借由偷懒养成的，同日日记他接着写：“今天到公园，见到许多伟人在赋诗，背了手在花荫下走，有些又正用手抹着胡须，作着那‘拈断数茎须’的辛苦事业。朋友说这些人是‘太平宰相’，还有在那土坪上打太极拳的，朋友说这是‘儒将’。……我几乎不能自己的喊出万岁来。有这些人治理中国，一切人，对于中国前途，不乐观可真不行！”[③]

其实当时中国的景况并不乐观，这些生活优裕的官吏徒知赋诗、养生，不见民生疾苦。作者沈从文安排阿大这名不可靠的叙述者，以他有限的认知范围来写下偏颇的言论，令读者认为阿大的说法荒谬可笑，而对中国养尊处优的遗老、官员感到鄙夷、蔑视，形成讽刺的叙事效果。他揭露当时官吏的陋习，而自己也是官吏的一员，讥讽别人，也挖苦自己，正符合后半篇他记录的“新人物”同事的评论：“正因为不是故意写来，故生气跃如，如老处总长文章。讽刺虽只是姓鲁的思想权威所专利，但老兄并不讽刺了谁，一切行为与思想，是自己的事，说别的时则连自己也写在内，所以妙绝。”[④]新来的文学家同事在读过阿大的日记后，说了上述评语，其中提到两个要点：其一，日记里所谈论的都是自己私密的一面，其中的思想与行为是自己的事，不必负得罪他人的责任，这是日记体小说的讽刺特色；其二，此处的“老兄并不讽刺了谁”，是因为阿大身在体制内，连自己也一并嘲弄，模糊了焦点，降低了针对性。这位新同事是出现在小说后半篇中的，由他来担任读者解读出上半篇阿大身在局内、意在言外的讽刺效果。早期的阿大

① 沈从文．沈从文全集（4）[M]．太原：北岳文艺出版社，2002：6．
② 沈从文．沈从文全集：第 4 卷 [M]．太原：北岳文艺出版社，2002：9．
③ 沈从文．沈从文全集：第 4 卷 [M]．太原：北岳文艺出版社，2002：10．
④ 沈从文．沈从文全集：第 4 卷 [M]．太原：北岳文艺出版社，2002：65．

仍未在笔下透露出小说作者的声音，他所扮演的是一名思虑简单、呆愣的观察者。

《呆官日记》的后半篇，阿呆不再是一条浑浑噩噩的狗，而是有了自己的见解，认识到了世事的真相，而启发阿大进入想象幻灭期的对象是两名女性，然而她们却只是阿大假想的恋爱对象，而非实质上主动的引导者，真正提供机会让小说作者现声的是自导自演的阿大。阿大因为误猜女同事凤对他友好的原因，暗恋上了同事凤，继以因“事情更不客气的是科长在我面前同凤亲嘴，这算什么事体，大的侮辱加到我头上了”，[①] 深受打击而重病住院，在医院里错认第八号女看护爱上他，还自视矜贵，认为一名看护怎能配得上自己的身份，却又沉溺在“他爱的凤”和“爱他的八号看护”的抉择难题之中，直到他得知同事凤和看护皆另有所爱才大梦初醒，明白自己自作聪明的痴傻。深究阿大这些失恋的情节，与其说他是被爱情蒙蔽，不如视阿大对爱情的想象是一种男性情欲自我膨胀的表征，他对女性作了许多想当然的评判以满足自己的自信心，例如在四月二日的日记上他认为自己能够看穿女人掩藏的心意，所以认定八号看护所说的都是话中有话，认为看护“她那样子只是在那里等机会，机会一来就会伏在我身上来做那亲嘴的蠢事”，[②] 只是她不够勇敢来向他示爱。事实上，这都是阿大自作多情的证据。沈从文借阿大的笔写下这些可笑的见识，以颠覆、嘲讽男性自满的心理状态。在四月十日的日记上阿大写道：“我被我自己的观念谎骗得太苦了。我想到的一切，恰恰是与事实完全相反，我的聪明机智作成了我深入地狱的方便。一种不可当的羞辱恰是用自信换来的。”[③] 这是在他原先的恋爱想象完全幻灭沉淀数日后所写下的文字，以此则日记为彻悟的分界线，日后的阿大突破不可靠的叙述者的人物安排，他笔下开始夹带入作者的见解，呈现个性成长后内在对话的段落。对阿大而言，爱情挫折是他显露真我的转折点，也是他成长后借以扮傻装呆来避免言论获罪的叙述手法，在五月九日的日记里，阿大评论了革命后的假期泛滥、公务员懒散等问题后，发出感叹之声：“……我所见到的是我不要见到的世界！（为恐误会起见，我得再写下），我只不满意有福气的女人，并不是女人以外的什么。因为愿为欢喜她而她却不要我的女人在我跟前老丑，我才诅咒这日子！”[④] 在感叹之后随即用

① 沈从文．沈从文全集（4）[M]．太原：北岳文艺出版社，2002：17．
② 沈从文．沈从文全集（4）[M]．太原：北岳文艺出版社，2002：38．
③ 沈从文．沈从文全集：第 4 卷 [M]．太原：北岳文艺出版社，2002：48．
④ 沈从文．沈从文全集：第 4 卷 [M]．太原：北岳文艺出版社，2002：68．

女人与爱情的怨言，这种相对安全的牢骚，来稀释他容易引起误会的话语。在括号（为恐误会……）之前是阿大觉醒后渗入作者声音的话语，括号后是伪装的呆话，但那些觉醒后的话语并不合时宜，所以阿大有意压抑它们，试图自我催眠来接受当下的时局和制度："一切现存的制度都是好制度，一切在位的人都是有道德的人"，并且重新把这种源自内心质疑的声音定义为呆子："惑疑任何事物只适宜于做呆子。"与上半篇扮演思虑单纯的真呆子呼应，同时响应小说的篇名《呆官日记》。觉醒前后的"呆"具有双重意涵，一是想法简单、效法前辈的呆；二是成长后洞察真相、疑惑且厌恶现实是不识时务的呆。成长后的阿大终究没有辞去科员的职务，而持续在时间河流之中写下："日子，滚你的吧！"来消耗生命。

《呆官日记》的阿大经历了期待、幻灭、隐没的人生历程，其精神面临危机后皆以内在对话的形式决定未来生涯的走向，在成长的过程中往往有引路人来触发他觉醒的契机。阿大的爱情挫折多用以掩饰他真正关心的政治议题，这应和了性别研究者的推论："他们对于自己了解甚少。男性艺术家们更多愿意表达自己的理想、追求与愿望，或以主体的身份去尽情表达一个'对象世界'，却很少将'男性自我'作为一个'对象'来认识，作为一种'对象化的存在'来认识。"[①] 基于日记是一种易于剖析内心的文体，阿大能够借由书写日记来认识自我真正的需求，未必对自己了解甚少，但与观察社会这一项重大主题相较起来，自己只是退居第二的"小我"。当然，女性日记体小说作者笔下也会采用社会题材，但她们总是下意识地书写女性自身的命运，而阿大的男性自我却似乎隐没于国家大事的宏伟叙述洪流之中，难以脱离历史的变迁，最后他选择随波逐流，得过且过。

① 乔以钢．多彩的旋律——中国女性文学主题研究[M]．天津：南开大学出版社，2003：42—43.

第四章　遮蔽了“私人体悟”的日记体小说

日记体小说的写作进入到20世纪30年代，其书写规范有了较大的转变：在创作上，篇幅逐渐由精巧的短篇拓展为中长篇；从叙事模式来看，此时期的日记体小说仍遵守“分时日记录的时间形式”与“第一人称内聚焦限制视角”两项核心规范，虚拟的时间甚至标示得更加精确，而第一人称聚焦限制视角的焦点却有不同的趋向。新文化运动时期主要采用弱化情节，将重心置于内在心理、情绪的叙事手法上，到了20世纪30年代中后期，情节线由边缘再度回到主流地位，作者着重于实录外界事件的起伏，依故事发展的逻辑排列日期，要使自我内省的眼光从个人移位至外界事物，反映时代剧变下的社会百态，希望于一篇小说里容纳广阔的社会风貌。

流动嬗变的时代因素，无疑是影响文学形态及其表现对象的关键。在面临社会历史的大变动、炮火行将盖天的年代，作家很难坚持独处一隅，多半会走出个人，步入社会。1933—1934年于《申报·自由谈》一系列的纸上论争，透露出文人们要求呈现外在真实讯息的诉求，讨论者为穆木天与陈君治，二人皆认为作家要将视线投向群众的生活，穆木天说时代已经“由‘自我之表现’转变到‘社会之表现’”①。“我们的青年们已经没有法子在象牙之塔中找安慰了。环境使他们的眼睛转向现实……在文艺的域中，他们是要现实主义地表现出大众饥寒冻馁的生活的。”②二人对反映社会现实的观念是一致的，但落实在文学艺术上，对于应用第一人称写法，二人看法有歧异。

> 有些青年作家，在本心上是要现实主义描写社会的，但因为他们用第一人称的写法，便减少了那些小说作品的真实味。……那种第一人称

① 穆木天．再谈写实的小说与第一人称写法[M]// 吴福辉．二十世纪中国小说理论资料：第三卷．北京：北京大学出版社，1997：232.

② 穆木天．谈写实的小说与第一人称写法[M]// 吴福辉．二十世纪中国小说理论资料：第三卷．北京：北京大学出版社，1997：220.

的自白式的手法，是不能表现客观的复杂的现实。[1]（穆木天《谈写实的小说与第一人称写法》）

第一人称写法被用到新的内容（表现农工阶级的感情的）的外观时，那已经再不能把它看作个人主义的抒情的形式，由于其本质的不同已经把它的形式向新的方面转化，已经再不可称它为旧的形式了。[2]（陈君治《论写实小说答穆木天》）

穆木天提出第一人称写法不适于表达客观现实的看法，他以丁玲《杨妈的日记》为例，批评老妈子的日记怎么可能高雅如斯，身为知识分子的作家仅能虚构观念里的大众，而无法借由第一人称这种旧形式表现出真实的工农社会生活。陈君治则反驳穆木天的说法，他认为虽然第一人称写法不适宜表现复杂的客观现实，但“作品的真实性，是要归于作者对于现实的认识和表现的手段所达到的程度的高下的问题”[3]，只要作者能深入认识农工生活，体验其情感，那么《杨妈的日记》也不一定要杨妈亲自撰写，第一人称写法会因内容本质的转变，而不再是旧形式。

《杨妈的日记》采用了第一人称内聚焦限制视角，他们讨论的是这种写法还能否胜任反映外在真实这个任务，而第一人称内聚焦限制视角原本就适合以人性内心为焦点，展现内在真实，则是二人毋庸置疑的共识。在他们的讨论里隐含的问题是：进入新时代的知识分子要将笔锋转向一般社会大众阶级，而不再关注自己的内心时，作家仍用第一人称限制视角，缺乏工农生活经验的作家是否能准确地虚拟出一名贫苦人民担任视角人物。二十世纪二三十年代时期的日记体小说中，有不少作者与叙述者形象叠合的例子，作者往往投射个人生命体验于文本中，创作出一篇篇佳作，如丁玲的《莎菲女士的日记》、李劼人的《同情》、庐隐的《丽石的日记》《蓝田的忏悔录》《归雁》等。如果作家要跳离自己生存的社会阶级，为不同环境的人物代言，撰写日记，尤其是识字不多、贡献劳力的农工阶级，作

① 穆木天．谈写实的小说与第一人称写法[M]// 吴福辉．二十世纪中国小说理论资料：第三卷．北京：北京大学出版社，1997：220—222.

② 陈君治．论写实小说答穆木天[M]// 吴福辉．二十世纪中国小说理论资料：第三卷．北京：北京大学出版社，1997：234—235.

③ 陈君治．谈第一人称写法与写实小说[M]// 吴福辉．二十世纪中国小说理论资料：第三卷．北京：北京大学出版社，1997：230.

家即使能感同身受地摹想代言对象，也难以突破隔阂处理异己之间无法探勘的内在真实。于是，日记体小说在不同阶层的代言体中无法发挥它擅于挖掘人性的特色，作家若放弃内在真实，记录外在现实，正如阿英所说，所得亦不免仅是“一些淡漠的影子”。

这是日记体小说在该时期难以避免的文体局限，王任叔曾于1935年针对刊登于杂志的小说进行归纳分析，得到“第一人称的写法绝对减少”“单纯的个性描写减少”[①]等结论，显示日记体小说擅长的写作模式和个人抒情的风格渐成弱势，终将消退。然而，这一时期的文体亦具备独特的审美价值，重回情节主线的新文本是对旧文本的革新，而非对20世纪10年代时期文本的翻版。以下试着结合雅俗文学，从20世纪30年代初期开始逐一审视日记体小说文本，发掘它多元的题材和描写对象转变的趋势，探看它在文体限定与社会要求下，如何在书写个人的内心世界与表现社会的整体风貌中取得平衡。

第一节　时代风云下男性的成长

1933年巴金创作的《新生》是《灭亡》的续篇，以主角李冷为视角，讲述了他由“个人”走向“群体”，投身革命的过程。全文重视人物作者的内心感受与挣扎，极易引起读者的共鸣。在20世纪30年代，革命叙事成为小说创作的普遍主题，相对于宏大叙事的创作，讲述个人走向革命道路的历程与日记体小说的文体特征比较贴合。巴金以澎湃的情感入文，把李冷从矛盾到决绝的心境展露给读者，这其中也融入了作者的人生感悟。

一、作家思维与笔下的“我”

作者在写日记之前总是因外界事物变迁而心有所感，以笔抒怀，日记的内容无论是理性议论或感性的牢骚，其中必有个主观的“我”。特别的是男性的人物作者不会脱离于社会，他们即使闭锁于书房里审视着自我澄净的内心，也会把心

---

① 王任叔．中国现代小说发展的动向蠡测[M]// 吴福辉．二十世纪中国小说理论资料：第三卷．北京：北京大学出版社，1997：382—391.

理空间扩大至人类家国种种脉动之中，内外观照，在笔下融入小说作者的声音，形成内心的对话，《新生》中写道：

> 但是一转念间我底那个被打碎了的自我又得到机会聚合起来，而且有力量——也许这是最后的力量罢——使我拒绝她说："我不能，我不能。"……一个声音在我底身体内叫起来，在短时间我完全把自己忘掉了。"我不能！我不能！"我捧了头在房里大步走着，我没有思想，我甚至准备着踏进那不可挽救的深渊里去。我说不能，是我不能够再做那些使她痛苦的事了。①

李冷在面对妹妹李静淑的劝说时，内心动摇，他以"孤寂和痛苦所造成的自我"一度被李静淑的话打碎，想实质地走向社会人群，但如引文所叙，转念间重新聚合的自我压制了短暂的犹豫，李冷说出"我不能，我不能"，来拒绝李静淑，但转眼间李冷内心深处的另一个声音重新回应出字面相同、含义相反的"我不能！我不能！"，意指他不能够再拒绝李静淑了，而改用惊叹号表明他更加强烈的情绪，前一句话语压抑了灵魂深处的渴望，后一句话语又反驳了前一句话语，李冷的意识分裂成两种相反的意识相互冲突，他写道："我在挣扎，我在跟自己挣扎。"这不仅是人物内心的挣扎，其中亦渗透了作者巴金的声音。巴金在《谈〈新生〉及其他》一文中谈道："我并不是李冷那样的个人主义者。但是我常常像他那样感到孤寂和空虚，因为我正像他那样有很多的矛盾。……这个信念不仅是李冷的，它也是我的。"② 他借小说人物来倾吐心语，抒发内心种种积愤，与李冷原先孤寂的自我互相对话，在矛盾中寻求光明的出路，而巴金的无政府主义思想似乎指示了《新生》的情节走向，李冷的后一句"我不能！我不能！"在个人与群众的角力场逐渐获得胜利，于争辩中推动故事发展。作家巴金设计内在对话呈现他复杂多变的内心世界，从而指定了故事的走向。

二、李冷：超越自我的人物

在《新生》一文中，李冷遭遇过现实的冲突后，反复与内心对话，寻找出新

① 巴金．灭亡 新生[M]．北京：人民文学出版社，1989：210—211．

② 巴金．我的写作生涯[M]．天津：百花文艺出版社，2006：82—84．

的信仰，塑造出一名青年英雄的形象。日记提供给人们一个安然思辨的空间，作者自己的亲身经历常常会借由人物的笔化作文字，在日记里形成两种交锋的声音，相互对话而层层直探真实的自我。李冷的内心对话是成长的过程，他的人生经历也是对世界的看法，从对世界充满爱的期许，到杜大的心死亡使他对世界失望，心灰意冷，再到走出心中的藩篱，走向新生。这个过程最后成就了革命者李冷。

《新生》原载于《东方杂志》，首篇刊出时作者巴金（当时署名柏金）曾撰写一篇小序介绍《新生》出场的各个人物，并且指出《新生》是《灭亡》的续篇，不少人物在《灭亡》里都现身过，巴金这样介绍李冷：“在《灭亡》里，他是一个大学生，一个赞美自然，赞美和平的新诗人。他心里只有爱，只相信爱，只想拿爱的福音去感化人。他一点也不了解这罪恶的世界。他生在富贵的家庭……如今在《新生》的开场，他将以另一种面目而出现了。”[①] 李冷在《灭亡》与《新生》里俨然为不同的两个人，其实这两篇小说是有接续关系的，《新生》的叙述建立于《灭亡》提出的辩证议题上，要探讨李冷的生命历程需结合《灭亡》来参看，才能得知他个性转变的缘由。巴金的这段介绍文里，提出两项要点。其一，李冷与妹妹是离开了传统富裕的家庭，摆脱束缚，出走到 S 市（上海）展开他理想的生活、自由的旅程，在 S 市他经历的磨练、眼见的种种世态，将是重塑他人格的关键，将他引向一个成熟而现实的世界。其二，如巴金所介绍的，李冷原本是一名歌颂爱与和平的年轻大学生，他未见混浊的社会现况，思虑单纯、个性善良。刚出场的李冷正处于思虑单纯期，巴金在小说《灭亡》里以全知视角将李冷刻画为“恬淡、和平、温柔”性格的人，他的诗文里没有惊天动地的悲剧，也没有慷慨激昂的情景，直到他遇见见解迥异的杜大心，他的世界观开始受到挑战。李冷与杜大心相遇于司令部秘书长肇事的现场，高官坐车飞驰而去，穷人的尸体如垃圾一般被清理，现场围观的尽是一些“带笑的、蠢然的脸”的无人谴责的高官，在这麻木的人群中，杜大心以一种觉醒后憎恨社会丑陋现状的姿态吸引了李冷，李冷“被那含着无穷的憎恨的眼光所占有了”，尔后他一步步思索杜大心的心态，试图以自己爱的世界观响应杜大心：“我想你底毛病就在抛弃了爱，只从憎那方面去着想……我觉得世界是十分可爱的。如果你说我们底世界坏成了这个样子，正

① 柏金．新生[J]．东方杂志．1932，30（3-11）：9.

因为人们抛弃了爱，彼此相恨。”[①] 他以爱的贫乏来诠释世界的混乱，希望能改变杜大心的观念，然而杜大心的反驳却震撼了李冷——在这个人们互相掠夺、压迫的世界，还要用爱来麻醉人们？将幸福建筑在穷人痛苦上的人都会面临灭亡？处于资产阶级的李冷“好像从一个恶梦中醒了过来”，不得不反思自己的价值观念，因此杜大心反而成为他的引导者、启蒙者。在《灭亡》第十一章，“立誓献身的一瞬间”，即叙述李冷兄妹受杜大心启发，顿悟自己富裕的生活是“贫民底怨毒底的泉源”，而决意要终止有钱人家所犯的罪恶，要献身帮助人民的情节。此时李冷只是对社会结构有所醒悟，他和妹妹仍然坚守自己爱的人生观，妹妹说：“我还是相信这个世界只有用爱来救，我决不相信憎。不过以后我们要用行为来表现爱，而不单是用语言。”[②] 李冷深以为然。以改进言语上的爱只会麻醉人们的弊病。他对爱的世界的想象，直到杜大心身亡后才真正幻灭。《灭亡》如此描述杜大心刺杀戒严司令的后事：“凶手底头被砍下来，装在竹笼里，挂在北火车站前一根电杆上示众。……戒严司令并没有死。……然而杜大心底头却逐渐化成臭水，从电杆上的竹笼中滴下来，使得行人掩鼻了。”[③] 杜大心身为觉醒者，他是要用革命的方法推翻人间一切的不平，创造出美满的世界，最后他为这个理念前去复仇，牺牲自己的结果却是让富人高官找到机会牟利，心血化作臭水，换取行人掩鼻而过的场景，他无法撼动大部分的群众，不堪的下场与持续麻木的人群令李冷对爱与和平的想象幻灭，由思虑单纯期步入想象幻灭期，在《新生》开篇的第一则日记里，他写道：“我自己也变了，这一年半来我不曾写过一首诗，我不曾说过一句赞颂爱、赞美自然的话。……我底生活本来是和平的，幸福的，自从他（按：杜大心）闯进来以后，他就给我打开了另一扇门，给我带来了痛苦与黑暗。（三月十四日）”[④] 杜大心的出现彻底摧毁李冷原有的价值观、世界观，使他逐步面临精神危机，也为他开启成长之门，李冷总是疑惑为了腐化败坏的人群牺牲自己是否有价值，他否定社会，时常自问他的生命要奠基于何处，李冷心理面临考验，需要不断地自我叩问才能建立新价值体系。

李冷终于经由内在对话来追寻自我而成长为一名拥有群众力量的英雄，这些

---

① 巴金．灭亡 新生[M]．北京：人民文学出版社，1989：82．

② 巴金．灭亡 新生[M]．北京：人民文学出版社，1989：89．

③ 巴金．灭亡 新生[M]．北京：人民文学出版社，1989：160．

④ 巴金．灭亡 新生[M]．北京：人民文学出版社，1989：171．

内在对话体现于两方面。其一，回应杜大心的日记及其影响。杜大心的遗作《生之忏悔》是一则日记，李冷时常在阅读时重整自己的信念，以三月二十日的日记为例，李冷在梦里与杜大心的骷髅对话，惊醒后翻出《生之忏悔》思索灭亡的意义，杜大心要带着所憎恨的一切灭亡，李冷却想，我的世界中我是中心，我如果灭亡了，我的世界也消逝了，我为我自己而存在。这是李冷自我存在优于一切的宣言，他不选择杜大心的道路，他不愿再为社会、人类负责任，甚至在三月二十八日的日记里写下“这个社会是我底敌人”，然而这种信念并不稳固，三月三十日李冷困守寂寞房里，无所依傍地自问：“我底生命究竟存在于什么地方？”这些涌自内心的疑问暗示他尚未寻找到自我存在的价值，他的个人主义在其他革命青年的影响下终将失守。其二，与继起的革命（女）青年交锋，在个人与群众之间拉距。

李冷最终走向革命，离不开周围两股革命知识分子力量的劝导和帮助，一股力量是以启蒙者姿态办杂志救国的男性友人，他们时常找李冷寻思如何借由写文章、办刊物来为国人点亮光明，却被李冷讥讽道：“办杂志？写几篇文章，就算是做事情了吗？”甚至指着生活在上海灯红酒绿的人群提问：“在这许多人里面你可以找到一个人读你们底杂志吗？他们是不需要它的！”此时李冷表面上以冷讽武装自己，但他的声音却是“混合着憎恨与痛苦”，他的内在蕴藏着巴金想要做一点有用的事情的灵魂，巴金在《灭亡》第七版题记中写道：“一个人枯坐在窗前写些文章，有什么用处？难道我不能做点有用的事情吗？”[①]与李冷认为写文章、办杂志的力量不够，要寻找更伟大的事业来作相比，二者形象、见解如出一辙。李冷的朋友亦寒来抱怨办杂志缓不济急、功效微小，李冷便思索着什么是更痛快的工作，是问朋友，也是苦恼地自问。四月二十日朋友们带来杂志被当局禁止的消息，这群男性在挫折中向上苍祈求力量，探问什么是能够拯救人类的更伟大的事业，到了四月二十九日，李冷终于赞同朋友的看法，自己也想造一个信仰为人民贡献一己之力，他答应帮助朋友办杂志，但“并不是为了信仰，也不是为了友谊。究竟是为了什么我自己也不知道”，[②]其实他是被自己内心里压抑许久、一次又一次自问的声音所引导，在诸多革命青年的影响下他找到了自己的出路。

---

① 巴金．灭亡 新生[M]．北京：人民文学出版社，1989：7．

② 巴金．灭亡 新生[M]．北京：人民文学出版社，1989：247．

另一股力量是革命女青年李静淑与张文珠。她们为群众献身到纱厂做女工，发动罢工潮而被绑票。李静淑在写给母亲的信里表明要将母女之爱分给广大的人群，她说："为了他们，我就牺牲我底生命，你就失掉你底女儿，母亲，我想这也是应该的罢。"[①] 巴金塑造这么一名受男性（杜大心）启迪而义无反顾的女子，却无法探见她的内心世界是否像李冷一样曾经经历自我矛盾、重建的成长过程，她与张文珠扮演着大爱的角色，要将李冷牵引出个人的世界，让他潜伏于内心的渴望（也是作者的声音），在多次的辩论中抬头，在软弱、犹豫、孤寂中一次次被两个女性拉出来，在静淑和文珠被捕失踪后，他体会到了切肤之痛，决定如果她们没有死，自己就会去信仰革命。作者这里处理李冷的转变是水到渠成的，一直以来的犹豫不会因为两个女性的劝说而轻易改变，直到最亲的人受到生命威胁，他终于奋勇反抗了。他否定了上海街头堕落的人群，剖析他们只是戴着各色面具的影子，而决意投身到 A 地（厦门）去为穷苦大众奋斗，李冷在第一篇"一个人格底成长"的末则日记里写道："我如今变成了另外的一个人，一个新人。在灭亡的路上我有了新的诞生。"[②] 经历多次的内在对话后，他完成了蜕变的过程，由个人主义者化作为无产群众而生的英雄。进入《新生》第二篇的李冷内心不再矛盾，信念从此单一不摇摆。巴金借由李冷书写当时的社会现实和知识分子内心的苦痛，似乎只有脱离资产阶级投入无产阶级革命才是救赎之路，李冷的成长是一段由个人走向群众的历程，小说中的个人世界是黑暗、冷漠，无视于现实的压迫的，而群众代表着光明、正义、解放的理想国，形成简单的对立模式。李冷起初是极天真而毫不怀疑爱的大学生，最终蜕变为"没有个人底悲哀，以群体底感情为自己底感情"，对死亡也毫不犹豫的英雄。而大学生太单纯，英雄则是将人性描写得过于简单、神圣了。回到巴金的创作语境，李冷的选择正寄托了他极美的乌托邦式的想象和激进的政治理念，青年恋爱加革命的小说也是时人喜爱的"公式"。不过，虽然《新生》有把个人与群众对立化、将个性发展的情节写得简单等缺点，但就文体而言，人物李冷在日记上一再自我省察、对话，其中流露出真实的人性与入世的热情，已使这篇小说具备超越时代的魅力。

① 巴金．灭亡 新生[M]. 北京：人民文学出版社，1989：214.
② 巴金．灭亡 新生[M]. 北京：人民文学出版社，1989：295.

第二节　社会洪流中女性的新变

20 世纪 20 年代末至 30 年代初，日记体小说涌现出很多革命女性，这是在革命叙事的背景下，找寻的女性出路，看似追求解放和平等，但由于作家们过于简陋地处理了革命女性的人物特性，使得女性在革命的洪流中仿佛只是参与者，而没有自我的主体性和主导性，完全迷失在男性叙事话语中。这一时期的作品要么以男性为榜样、指向，如巴金 1932 年创作的《海的梦》、庐隐 1933 年创作的《一个情妇的日记》；要么去除女性意识，成为“男性”，以 1929 年洪灵菲的《路上》、1931 年冯铿的《红的日记》为代表。从文学审美来看，人物刻画得不够深刻，没有延续 20 世纪 20 年代对女性意识的思考、对女性解放的反思，而是把女性投入到革命的洪流中，失去了女性独有的情感和性格特征。

一、救赎式的信念

两性之间的婚姻恋爱议题一直是日记体小说的热门题材，似乎只有通过讴歌爱情，才可成为自由解放的个人。不过，这类题材到了 20 世纪 30 年代则鲜有作家着墨。在社会环境的影响下，寻找出路是一个普遍的主题，婚恋题材也在极力与此结合，“爱情 + 革命”的题材初露端倪，在爱情失败后寻找出路，无论多么惨痛的爱情经历，似乎最后走上革命的事业就豁然开朗，就完成了自我救赎，而没有讨论是否真正解决了问题。

20 世纪 20 年代的作家多着眼于自由恋爱的结局，探讨从理想的幻梦中清醒过来之后，离家的娜拉该如何面对现实的窘境。1927 年庐隐发表的《蓝田的忏悔录》，主角蓝田放弃了旧家庭为她安排的不自由的婚姻，进入大社会后为浮荡少年何仁所欺骗，与之订婚不久，即发现他另有结婚对象，蓝田自觉“成了新旧所不容的堕落人”，因而昏沉数日，心病难医，写下这本忏悔日记，希望她的眼泪能“洗净我对于旧礼教的耻辱，甚至于新学理的玷污”，[①] 这是对醉心自由者的一剂醒酒汤。作者的声音时常交织于文本中，直接揭穿男性貌为糖衣、实则不堪的爱情：“本来男子们可以不讲贞操的，同时也可以狡兔三窟式的讲恋爱。这是社会

① 庐隐．庐隐选集 [M]. 天津：百花文艺出版社，1983：301.

上予他们的特权，他们乐得东食西宿。”[①] 明白指出男子的行为是社会制度造成的，这种不健全的社会制度为女子设计的处境和地位，致使女性在深陷旋涡后只能空叹“自取之咎复谁怨”，认为反抗传统婚姻乃“智识误我”。丁玲笔下的莎菲在看穿凌吉士丑陋的灵魂后，也是后悔地自认“给自己糟蹋了”，她们往往归责己身，或精神受创，或病象危急。

同样是社会制度所造就的悲剧角色，庐隐的《时代的牺牲者》与石评梅的《林楠的日记》中的已婚妇女，秀贞和林楠是接受父母安排婚姻的女子，原本与丈夫感情和睦，为夫家养儿育女，侍奉公婆，等候丈夫远行归来，不料她们的丈夫，一个返家骗其假离婚，欲迎娶“一漂亮善于交际之内助，始可实现理想之新家庭，方称得起新人物”，另一个于外地另结新欢，而以冰霜般的态度对待妻子。这两名女性都能深切地体认到自己身为女子在新时代所处的地位。林楠于八月七日的日记写道：“……我已是时代的牺牲者了……我是娶来的媳妇，不是请来的爱人。”[②] 然而她们也肯定这种牺牲的价值，秀贞记下了秀玉对她说的这段话：“这虽是你的不幸，然而正足使我们四千余年来屈伏男性中心下的女子，受些打击，……你的牺牲是有价值的呵！”[③] 是牺牲，也是觉醒，她们积极地认识到悲哀所赋予女性的深刻意义，而不同于《断肠日记》等文本中男性对悲情的赏玩态度。新文化运动以来，大规模的女性日记体小说作品拆除了男性他塑的概念化女体，而自塑出具备女性主体的形象，她们能够审视自我命运和生命意义，面临无法把握的未来亦敢大声怒号抒发悲愤。

张扬自我异于他人的主体性这种景况到了20世纪30年代有了转变，这一时期以婚恋题材为表现对象的日记体小说数量骤减，并且仿佛为失败的恋爱找到了救赎的道路。庐隐的《一个情妇的日记》，主人公美娟是一名苦恋有妇之夫的少女，她勇往直前、坚持尊重自我以完成理想中的爱情，在她的爱人回到妻子身边后，她不免反思：“一个情妇在你心头究竟是占有什么地位呢！”郁闷数日，与早期的女性形象一样，她的身体也受心理影响，受凉感冒，然而在一星期后的一日，她的心思因革命同志的影响，转向东北受难的同胞了。

① 庐隐．庐隐选集［M］．天津：百花文艺出版社，1983：301．

② 石评梅．石评梅作品集［M］．北京：书目文献出版社，1985：246．

③ 庐隐．庐隐文集：第一卷［M］．长春：时代文艺出版社，2000：247．

——同时我觉得有点惭愧，这一向我几乎忘了国家，更忘了东北一天到晚集注全力在求个人心的解放。唉，这是多么自私呵！（十一月三日）

我要完成至上的爱，不只爱仲谦，更应当爱我的祖国！

……这一段美丽的幻梦，已成了生命史上的一页了！现在我才晓得我还不够伟大，为了个人的幸福而出血，未免太自私太卑陋。①（十一月五日）

从十月二十五日疑惑自己爱上有妇之夫是不是罪恶，到十一月三日化小爱为大爱，自信地投入革命工作，两则日记心理转变急剧，铺述得不够完善。新文化运动以后追求爱情以尊重自我主体的概念，转变为将爱情与爱国、革命事业结合才是神圣、伟大的，沉溺于儿女情长的世界的美娟在将她的爱情形式延续为“至上的爱”的过程中，需要不少男性的话语来帮助，爱人仲谦望她“为党国努力”，男性同志劝她：“你是有意志、有知识的女子，我望你能完成爱的最高形式，为党国牺牲些，把爱仲谦的热情去爱国爱党……”②爱情化为男性精神指引的载体，美娟最后决意投入前线工作，仍以爱人的想望为依归：“这是我惟一的出路，也是仲谦所盼望的吧！”

一种新的、隐约的男性指导话语出现了，他们指引女性回归到群体所要求的理想境界。小说中浮现了女性爱情与社会发展、国家意志相结合的宏伟图景，它所传达的婚恋理念，占主导地位的是群体意识，而个性意识则处于被遮蔽的状态，爱情被政治化为革命的激情。

在日记体小说中有不少女性人物表示追随男性的意愿，男性的见解、需求往往是她们人生选择的重要指标。在巴金笔下，除了李静淑受杜大心启迪而投入革命行列之外，《海的梦》的女主角里娜也是一例。里娜出身贵族，在一次开车闯祸后，她认识了革命青年杨，并受到他的感化，开始“听见我内心的呼唤，呼唤我去做一件有益的工作”③，她的良知被杨唤醒，决意抛弃自己的身份地位跟随杨投身反抗贵族专制的运动，为奴隶谋福利，直到杨在一场屠杀中牺牲，里娜接受杨的托付，要“来继续杨的事业，要使杨的努力不致成为白费。我要来勇敢地实

① 庐隐．庐隐选集：上册[M]. 福州：福建人民出版社，1985：463—464.

② 庐隐．庐隐选集：上册[M]. 福州：福建人民出版社，1985：460.

③ 巴金．海的梦[M]. 北京：人民文学出版社，1979：26.

践我的誓言”[①]，她化作男性理想的继承人，然而却被奴隶们视为“不祥的女人”，始终无法领导群众反抗统治阶级以建立一个自由的国度。里娜曾在被监禁期间意志消沉，作者便在她的梦里安排杨的声音来提醒她“不要忘记你的工作”，当她渴望新的爱情时，杨的声音再次告诫她：“在你的心里爱情已经死了！因为你现在并不需要它。你现在需要的是勇气。”[②]巴金设置杨这名男性来阻止里娜惑于小我的爱情，并引导她走回作者心目中理想的道路，要建立一个新的“利伯洛”国度。在杨的引导之下，里娜即使生活陷于苦斗中，她仍然认为：“过去的阴影死了，一切的苦难都跟着死了。我还活着，活着来翻开我的生命的新的一页，来达到那最后的胜利！”[③]她象征了作者巴金对理想的坚持与向往，百折不挠。在此，巴金有意配合副篇名的“给一个女孩的童话”来铺设一幅知识分子满心向往，而现实中却难以达成的美满图景，“利伯洛”暗喻着自由，一个自由、平等、公义的国家需要群策群力，包括两性共同携手完成，而里娜就是女性辅助角色的代表，她笔下写出男性的宏伟叙事，她体现出男性“一种朦胧的渴望”，那是“对于自由、正义以及一切合理的东西的渴望”，那是男性冀求的国家体制，而非关于女性的爱憎欲望。身为男性理念投射出来的童话里的公主，里娜并未为女性代言，她只是代替“王子”征讨，从她的口中我们能探见背后那名因献身而伟大的男性——杨，以及杨诸多寄托理想于女性的话语。

二、符号式的热情

之所以认定是“符号式”，是因为代表作品所表达出的观念已经摈弃了女性这一主体特征，只是有着女性的生理特征，社会特征则是男性化的书写。女性似乎拨开迷雾为自己找到了提高地位的方法，当然也是社会危机引发了文学思潮的变化，一种刚健、意向明确的女性形象隐然成形。与之相比，巴金的《海的梦》所刻画出来的里娜，这名女革命家也曾经历过自我动摇的时刻，她被捕入狱后，在父亲的劝慰之下，一度疑惑其信仰的自由不过是渺茫的梦，而与内心的杨对话，并在挣扎后寻求更大的勇气。里娜的这段狱中日记虽然充斥着男性的指导语，但

① 巴金．海的梦[M]．北京：人民文学出版社，1979：39.
② 巴金．海的梦[M]．北京：人民文学出版社，1979：95-96.
③ 巴金．海的梦[M]．北京：人民文学出版社，1979：97.

却是整篇小说最具人性深度的叙述，作者借由日记体式内在对话的特征来展示一名女性如何说服自己走向男性伟大的革命之路的过程。与里娜相比，洪灵菲的日记体小说《路上》，其投入革命的主角女兵就显得较为平面、刻板。《路上》为一篇女兵日记，叙述女子入伍后昂扬积极的心态，她们不畏惧枪林弹雨、冲锋陷阵，有着铁一般坚强的意志，为自己能够获得像男人一样打仗的机会而欢喜。日记作者认为自己喜欢喋血，不像寻常女人喜欢流泪，要求自己要更英勇地来救护伤兵，如同母亲照料有病的小孩，俨然是一名向男性战士看齐的"圣女"，即使最终受伤住院，也拒绝看护的怜悯，她甚至觉得女看护的思想糊涂，而看不起她们。在最后一则日记里，这名女兵记录她与其他受伤的女兵们还是像出发作战时一样快乐，她们不受外伤打击，照旧笑着。洪灵菲笔下的女兵对于革命毫无迟疑，信念单一，她不曾在日记里写下任何内心的对话或矛盾。她为"像男人一样"拿枪作战而自豪，还以男性理想中的女子来自我要求，成为男性理念的传声筒，甚至在日记里排斥另一名女同伴——楚兰，她认为楚兰有"小资产阶级的薄弱的根性"，且写道："楚兰居然由小姐式变成少奶奶式了，她一路不是坐轿就是骑马，没有好东西便不吃，没有好衣衫便不穿。有些时，她甚至调脂弄粉起来呢！唉！放弃着伟大的工作不做，她只愿做一个玩物！"① 也许洪灵菲有意鼓励女性进入战场为国效力，并摆脱玩物的称号。在此，作者借由女兵之笔，将女性归为两类：一种是向男性看齐，瞧不起怯弱者，赞扬能够耐苦的革命女子；另一类是小资产阶级倚仗男性，玩物般的娇弱女子。前者女兵模仿男性而进入制度，获得力量，后者楚兰则是需要仰仗大人物的协助，无法独立生活而被同性排挤的女子，二者都是极端的女性形象。一并审视《海的梦》与《路上》两篇作品，不难发现里娜和女兵虽然都是被作者塑造出来的圣女般的人物，但是里娜因为有狱中日记袒露她内心的犹豫，而营造出较立体的人性面，她是作者理想中象征自由的女神。相较于里娜，女兵不只以模仿男性为荣，更将其他女性命名为意志薄弱的玩物，暗示如果想要脱离玩物的地位，就得要拿起枪杆，成为英勇的"伪"男性，传达出男性作者对女性形象非此即彼的极端刻画。

1931 年冯铿的《红的日记》，更进一步传达出女性向男性看齐，投入革命事业以获得身份地位的概念。1929 年冯铿的《遇合》是一篇女性形象转变的预告，

① 洪灵菲．洪灵菲小说经典[M]．北京：印刷工业出版社，2001：319.

它套上流行的“恋爱＋革命”模式，描写两名女性先后爱上同一名“身心交给伟大的事业”的男子，她们因性情、思想相近而结为知心朋友，人物灵芬将她的好友王渊如描述为有着不施脂粉的脸孔、勇毅沉着的女革命家，她认为王渊如因富有思想而不避险恶，而配做她男性爱人的姐姐。在此，女性形象由悲情蜕变为坚强，其中革命元素的加入是转变的主因，而男性在故事里被提升至较高等的地位，女性须要拥有同样坚定的信念和伟大的情怀才有可能配得上男性角色。冯铿的《红的日记》原名为《女同志马英的日记》，马英时常在她的从军日记中采用不文雅的字词作口头禅，显示自己接近劳动阶层的豪迈气息，并排斥与私人情爱有关的用语，当她提到步枪是情人，日记是自己的“little baby”时，立即反驳自己：“这些烂调是不要说的好，什么情人，什么孩子？”她认为与“统治阶级拼个他死我活”是伟大的工作，而与《路上》的女兵一样瞧不起其他不合自己标准的女人，要女人别向男同志眨眼睛当玩物，在接收城里女人所做的衣物时还轻视她们“只单会缝衣服这点技能”。马英完全否定以往归属于女性的怯弱特质，看似拒绝父权所设定的妇女地位，却也完全忽略了性别冲突，继而，马英更提出“忘了自己是女人”的看法：“现在的我简直完全忘掉了自己是个女人！……我是一个人，一个完完全全的顶天立地的X军兵士！别有什么男人、女人这些鸟分别谁耐烦打理！听说在别的部队里女兵们总爱和异性扭搅，以致弄出许多纠纷！这真是可痛恨的一回事！这不障碍了战斗的进展么？！……女人呀，红的女人呀！我希望你们都暂时把自己是女人这一回事忘掉干净罢！也不要以为别的同志们是什么鸟男人呵！”[①] 马英呼吁女性们要忘记自己的性别，只要意识到男女都是共同战斗的兵士即可，再者，马英将部队里的纠纷归咎于“女兵们总爱和异性扭搅”，又要女人别任意眨眼来诱惑他人。前者是一种抹灭性别差异所获得的假平等，而后者乃是父权之下的红颜祸水观点。

冯铿笔下的马英传达出女性可以经由投入无产阶级革命，以无性别的姿态走出新人生的概念，这是部分女作家在20世纪30年代所选择的解放道路。鲁迅曾经评价过冯铿，认为她“有点罗曼蒂克，急于事功”[②]。冯铿是身体力行地实践着自己的文学观念，曾经深入苏区，并写出《红的日记》——“生活在国民党统治

① 冯铿．女同志马英的日记[J]．现代文学，1930，1（4）：94．
② 卜束．冯铿与红的日记[J]．瞭望，1990（15）：36．

区的作家最早描写工农红军的作品”，最终为信仰牺牲，这是值得称颂的，但信仰的伟大并不意味着女性意识的真正觉醒，起码在作品中体现的是这样。在20世纪30年代及以后的作品中，女子走上革命的道路却意味着要以阶级意识、革命意识来替代女性意识，20世纪20年代女作家笔下对妇女解放的坚持与困惑被阶级解放的现实所排挤，马英所排斥的小家子气、怯弱、善女红是父权社会划分给女性的特质，未必是女人所本有的，马英的蓄意排斥正是落入父权思维的陷阱，而“忘记自己是女人”更是忽视自我的主体意识，她“扮演”男性角色进入秩序来想象自己得到了平等的尊严，实际上她却只是模仿男性的“赝品”，距离真正的“我是一个人”更加遥远了。

马英选择忽略女性主体意识并维护男权秩序，最终她决定不再书写日记而自我对话，在伟大的战场上她“没功夫再写这样的顽意儿”，也没工夫再看见自己了，成为相对于玩物角色的另一种自我意义空洞的躯壳。从曼丽、蓝田、莎菲、纫菁，到美娟、马英，形象由悲情苦叹到刚毅乐观，女性意识却逐渐衰退。为何女性意识会在20世纪30年代转而隐蔽？庐隐在1924年所提出的论述已为转向埋下了伏笔，她认为女性的地位低落是因为经济权受他人操控，而要改善妇女的经济则“不能不注意到劳动运动，因为劳动运动实在是促进经济革新的唯一手段，且是唯一有效手段。……现代的妇女问题，已经不是独立的东西，早与社会问题打成一片了”[①]。庐隐将劳动阶级的革命与女性的经济地位联系起来，而视致力于劳动运动为解决妇女问题的前提，无怪乎20世纪30年代的女性日记体小说中会把走向革命作为女性为之奋斗的出路。这种把性别压迫整合到社会阶级压迫的概念，在当时虽然有社会文化背景的支持，但其实是把全社会的解放等同于女性的解放，认为如果人们不再受到压迫，女性也不会受到压迫，女性问题便不再是主要问题，文学中的女性意识亦逐渐隐没于阶级意识与革命意识之后。从20世纪20年代女性以孱弱伤感之姿来经历女性意识的觉醒，到20世纪30年代女性选择将个体融入劳动群众的运动中，隐蔽她们曾经张扬的女性意识，女性文学与时代的关系是整体的，可以参考谢冕的说法来清楚地察看各篇女性日记体小说在女性文学发展历程中的位置：“中国女性文学在中国新文学历史中，大体走过了以下的历史性进程：一、女性觉醒并争取女权的时代。表现女性争取自身权利，如恋爱自由、婚

① 庐隐．庐隐选集：上[M]．福州：福建人民出版社，1985：16–28．

姻自主，以及争取与男性同样的劳动、教育、工作的权利等，这一时期的女性写作汇入了新文化运动个性解放的时代大潮流之中；二、投身社会运动的时代。此即所谓‘男女都一样’的消弭女性的性别意识的时代；三、突出特征，女性反归自身的时代。”[①] 据此说法，则20世纪20年代多数的女性日记体小说多分布在第一阶段，而20世纪30年代的如《红的日记》则属于第二阶段的作品。不过20世纪20年代的女性日记体小说除了写出女性走出家庭、争取工作、婚恋自由的权利之外，更揭露这些权利背后所引发的种种值得深思的问题。由于时代的局限，在20世纪40年代，这种适合女性抒发生命体验的文体失去了它的生命力，第三点“女性反归自身的时代”在现代日记体小说的创作中没有实现。

第三节　代言叙述下的人物群像

日记体小说无论是形式还是内容在20世纪30年代都有明显的转变，从展现波涛汹涌的个人生命状态，到在风平浪静时记录人类寻常生活中因经历偶然所获的认知心得，速写生活感受，以解剖自我或他人的人生哲理。虽然从第一人称内聚焦视角有向外视角渐变的倾向，但这与20世纪10年代日记体小说失去个人的记录见闻不同。这一时期描写社会问题的主题多了一层审视与批判，并不是简单的记录，而是深刻挖掘社会现象背后的成因；对生活的感悟，不是简单的感伤，而是因某种际遇提升至哲理的境界。

自20世纪10年代日记体小说诞生以来，始终遵循着“第一人称内聚焦限制视角”这项核心的文体规范，探究第一人称叙述，基本上就是一种代言叙述，作家透过人物的口吻、身份、心境语气诉说生活经历与心理杂感，这既是作家代人物表达，也是人物代作家表达，当两者的身份立场、思想经历相似时，其形象常常是相互重叠的，但是当作家以自我意识来想象他人，要为截然不同的社会阶层代言时，其代人设辞的手法便容易被读者洞悉，质疑人物话语的真实性、合理性，例如穆木天就批评丁玲的《杨妈的日记》不过是作者虚构的想象，日记体真实性的效果大打折扣。

在现代日记体小说文本中，有不少不以表露自我心声为主要诉求的代言叙述，

① 谭湘．“两性对话”——中国女性文学发展前景[J]. 红岩，1999（1）：11.

其作家与人物的形象难以统一，在二十世纪三四十年代的作品中，代言实录渐渐成为日记体小说创作的主流。有的作品意在实录叙述者的一段特殊遭遇，记见闻或创作一则故事；抑或令人物化身不可靠的叙述者，获取滑稽或讽刺的叙述效果。比如前者有丁玲的《杨妈的日记》、巴金的《海的梦》《第四病室》、老舍的《月牙儿》、茅盾的《腐蚀》，刊载于《红玫瑰》的《三日恋爱记》《社会害我我害社会》《病院日记》，《战地文艺》的《癫女人》，《万象》的《一个无名演员的日记》《姊姊弟弟的日记》等；后者则有许钦文的《遗言》《一周间》《犹豫》、川岛的《赌徒日记》、汉南的《小要人的日记》，刊载于《礼拜六》的《偷敦闲人的日记》，《小说世界》的《癞蛙蟆之日记》，《红玫瑰》的《某女校教员之课堂日记》《莫名奇妙的日记》《醉人日记》等作品。以1934年杨刚创作的《日记拾遗》[1]为例，作者为一名女地下工作者代言叙述，在政治斗争十分严峻的情势下，她怀孕了，她的丈夫也是一名地下工作者，包括组织成员在内，所有人都为这个子宫中的婴儿承担着风险，所以文中没有获得爱情结晶的喜悦，充满了焦虑、担忧，沉重的气氛下她的丈夫并被捕了，她终于决定堕胎了，女性生理上承受着痛苦，精神上也受到巨大的摧残。这篇小说是难得的没有过于“模式化”女革命者，也没有过于突出表现男性的强大，反而呈现了在革命事业中女性所承受的双重压力。但小说的最后作者明显地带入了自我的评判，在日记中竟然预知了明天发生的历史事件，“明天就是五卅惨案发生的日子，是中国人觉醒的日子。在这一天，各地的群众都起来显示他们的团结和日益增长的力量”[2]，削弱了小说的审美内涵。

综合分析代言叙述的日记体小说在20世纪三四十年代的分布情况，可以发现三个明显的特征。其一，在20世纪三四十年代，日记体小说数量相对减少的时候，文人日记体小说的实录类文本反而占较高比例，可见为其他阶层人物代言，叙说遭遇，记录见闻，是此时的文学主流。其二，通俗文学文本多用代言手法记录人物经历的特殊事件，趋向是短篇小说像是缩小的长篇，随时可以补充细部描写以拉长放大，小说结构趋向盆景化，而非片段化。[3]通俗文学文本似乎没有像严肃文学文本经过深度地心理化的过程，多数文本并未由外审型转内省型叙述，

---

① 这是杨刚于1934年为埃加德·斯诺编的《活的中国》所写的小说，原作为英文，由文洁若翻译。

② 巴金．中国新文学大系：第5集[M]．上海：上海文艺出版社，1984：804.

③ 陈平原．二十世纪中国小说史：第1卷[M]．北京：北京大学出版社，1989：179—187.

其叙述焦点仍在外在情节。其三，虽然通俗文学文本无法达到严肃文学刻画人物内心的水平，但它在多元运用日记体裁于各体题材上居引导地位，因为它在艺术上注重文学的消遣趣味，以能使读者感兴趣为目标，所以通俗文学领域极早就将日记体小说与滑稽文学结合，用滑稽来曲笔讽刺时事，就这方面看来，俗文学文本是先驱者。

一、穷困病痛中的生命写实

当以日记体小说书写社会生活画卷时，对于时人在恶劣的生存环境下的贫困病弱的记录是必然发生的，纵观中国现代日记体小说的创作，这在现代日记体小说的题材中，也是一种常见的创作类型。这一类作品数量较多，但由于很多是片段的记录，不易纳入讨论，本书将把具有代表性的作品作为实例加以阐释。人的生命短促，当生存的基本条件不足时，人物作者们屡屡在书写中流露出他们内心的不安，表现底层社会人士的贫苦生活以及他们无可奈何的心境。

在 1923 年，日记体小说关于对人在病痛中的感悟就有过描写，即李劼人的《同情》，小说叙述“我”因病于巴黎医院细微地观察生活周遭，体会到人类同情心的温暖，而萌生对病的哲思，“他想到尼采用精神来疗治疾病，亦不免受到疾病的侵蚀，又想起中国的美人文士以病饰美的工具，可见事物好坏的标准不定，自己宁愿逆向思考：不在危急的地方，人是最容易被假面目蔽住的，应酬场中照例的言语，能够有病榻上呻吟的真么？”[①]“我”在医院的单调环境里沉思，在各则日记里就外界触动心念的景物，逐点展开个人的人生观，梳理自己的病中哲思，对病状及病中心境描写得极深刻，在这之后，出现了同类型的创作，与 1930 年的《病院日记》、巴金的《第四病室》相比较，《同情》显得情节薄弱而倾向心理化。1929 年罗黑芷的《或人的日记》与 1935 年穆时英的《贫士日记》以百姓的穷苦病痛为题材，反映作家自己真切的生活经验，他们的结论已不再像《同情》那样乐观进取了。《或人的日记》无曲折的情节，在一则日记里讲述主角一家人的生存窘境与内心的悲苦，主角患有神经性胃病，肋部酸病，头颅闷沉，全家人难得饱食一餐，却被军阀、贫穷所压迫。主角是身夹于两种阶级斗之中的无辜平民，他觉得自己与家人们仿佛是地狱里的鬼影，“被风吹着飘忽来往，时时有立刻被

① 李劼人．李劼人选集：第四卷[M]．四川：四川人民出版社，1984：42.

吹散消灭的样子”，不禁怀疑人生在世上“究竟是些什么东西呢？”[①] 妻子时常有丧失生命的恐惧，即使用理性安慰自己：“我们不会犯罪呀！我们是安分守己度着艰难日子的庸人呀！”另一种声音立即驳斥：“这不能保护你们，也不能为你们辩护。”[②] 内心的对话呈现出平凡人因恐惧而自我消耗的情形，连自己都无法谋幸福的人类已经不再拥有相信真理的动力，他们只能力求如蝼蚁般苟活，如同日记内容所写的，当“时代和环境注定了我们如何终结，我们也只得含泪跪下”。[③] 弱势者难以追求理想的生活，只能在艰苦的道路上匍匐前行。《或人的日记》没有悠闲的生活杂感，却可见凡人努力攫住各种生存可能性的生命力。

新文化运动时期的日记体小说，有不少的作品以一般人生活中所遭遇的困境为题材，而叙述者身上总有几分神似作家的影子，作家可借虚拟的日记宣泄难言之情，寄托自己人世漂泊之感，正视真实的人生，而生活原本就没有高潮迭起的情节，只有平凡的际遇，人们必须一次又一次地面对自己毫无矫饰的心灵，是以20世纪二三十年代的日记体往往聚焦于人物的心理感受，而非外在的情节发展。

而到了20世纪30年代中期，出现了《贫士日记》这类的日记体小说，比《或人的日记》来得有情节性，也能兼顾内心情感的抒发，它记录了一则贫贱夫妻百事哀的故事，贫士婚后无法照应患肺病的妻子，将自尊打包，强忍“一种乞丐的谦抑而卑贱的感觉”去寻旧友的协助，换来家庭教师的工作，不料妻子因口角及长期的挨饿受冻而与他离婚，并诉请赡养费，付不出钱的贫士不得不被收押坐监，入狱期间母亲与妻子相继病逝。贫士起初还能控诉社会法律的不公，痛问“为什么我要被生出来呵！”最后面对命运的安排，他也只得沉默，写道：“从铁栅中望出去，在外面的自由世界里是静谧而湿柔的黄昏，可是不知从那里，无边无际的寂寞掩进来，充塞了这寒冷的水门汀监房。”[④] 外面的自由世界曾经是作者与妻子恩爱的场景，但因为穷困，他们的爱情不得不消逝，贫士成为被世界遗弃的孤单者，走投无路，独自面对无助的未来。

这一时期，也出现很多模拟底层劳动人民的作品，通常都是短篇小说，以劳动人民的职业为题目，比如梁惜芳1931年发表在《读书月刊》的《学徒日记》，

---

① 罗黑芷．或人的日记[J]．文学周报，1929（301）：24.
② 罗黑芷．或人的日记[J]．文学周报，1929（301）：27.
③ 罗黑芷．或人的日记[J]．文学周报，1929（301）：29.
④ 穆时英．穆时英小说经典[M]．北京：印刷工业出版社，2001：343.

铁忠 1932 年发表在《读书月刊》的《工厂日记》，露沙 1935 年发表在《中外论坛》的《舞女日记》，蔡仪亭 1938 年发表在《烽火》的《一个苦力的日记》，赵偲 1945 年发表在《六艺》的《学徒日记》。20 世纪 40 年代出现了很多以苦力、工人为主角的日记体小说，有的只是片段，但也足以显出在 20 世纪三四十年代写作题材的转变，并且着力描写“苦”的一面。“学徒日记”几乎在日记体小说的各个演变阶段都会出现，但内容的转变还是显而易见的。1917 年汪剑红的《学徒日记》反映的是行业腐败、人性败坏的主题，主角服务的钱肆老板却是正直的人，所以主角几乎没受到什么不公平待遇，有工钱和假期。在 1931 年梁惜芳的《学徒日记》中，则是批判力度更加深刻，主角每天都被毒打、挨饿受冻，“我虽然挨了打，受了伤，但我哪里敢哭起来呢！我只好忍着痛，拭了眼泪到前堂去”[①]。在形式上，后者去除了繁复的序言格式，直抒胸臆，情感更加充沛。虽然这种拟劳动人民的小说大多默默无闻，甚至无法获取作者的任何信息，但是以普通百姓的际遇为题材，深入刻画心灵的日记体小说并不多见，从中可以看到当时社会的人生百态。

二、死亡意象的书写

“死亡”是小说写作中常见的主题，作家对其进行探讨，是对社会历史、人生经验的综合性评判。在日记体小说中，这一类作品大多数表现的是知识分子的精神困境。物质世界的匮乏，仍能苟活，而精神世界的荒芜，可能致使知识青年选择死亡。在新文化运动时期迷茫而又敏感的青年们善于描写这种“死亡”意愿。比如 1923 年庐隐的《丽石的日记》一文中，女学生丽石，她因同性之爱无法持续，理想中的生活不容于世俗，身旁友人总为了生计的压迫而不得不放弃人格等痛苦，最后死于心病。丽石的死亡象征着新文化运动时期女性青年在旧世俗和异性恋体制的摧残、压迫下不得已的选择，这是中国传统的文化、制度造成的结果，前行道路多艰险，死亡代表作者对旧封建势力的控诉，而非西方虚无主义、存在主义哲学思潮所引导的死亡意识。在 20 世纪 20 年代末至 40 年代，日记体小说在叙述死亡意象的时候，就不再描写新文化运动时期敏感脆弱的生命了，并且在小说叙述时找到了新的角度，引入了新的内容。1928 年丁玲的《自杀日记》中，这篇

① 梁惜芳．学徒日记[J]．读书月刊，1931，2（3）：89.

小说是在处理知识分子在追求理想生活的目标落空后，身无分文，生活无以为继的问题，但也进行了精神空虚的探讨，伊萨因感受不到生之乐趣，觉得人类的欲望填不满内心的空虚，而选择自我了结生命。这就有了虚无主义的意味。而1928年于《红玫瑰》上刊载的《一星期的自杀日记》，则是以滑稽的口吻讲述了一名表面上奋力自杀，实则珍惜性命的厌世家的行径，用以回应严肃文学界流行的自杀题材，颇有讽刺意味。

同样在1928年发表的日记体小说《黑的微笑》，作者是张天翼，小说对生命的可爱表露得极清楚，一位七十三岁的老人，他因死亡逼近眼前，明了个体生命的有限与易逝，而对当下的每一刻都体验得更深刻，在日记里一再地咀嚼自我对黑夜、死亡的恐惧：“阿弥陀佛，我怕，我怕到战栗了……是这样的黑，这样的寂静！死是这样的境界么，或更黑，更寂静吧。”“我只觉得一切的生物，在如今都能安慰自己我不顾见它们死。我爱生物，不，我是说我爱生物的生命。”[①] 因畏惧死亡，而念佛、寻求信仰以自我慰藉，体验到生命的流逝，而投射感情，喜爱一切生物的生命。这名老人在极度的恐惧下，也开始思索死后的归宿，知道死后的境地也许能减少黑夜给他带来的恐怖。

20世纪30年代，社会黑暗，统治者践踏百姓的生活，促使知识分子将目光转向社会，不仅控诉黑暗，更要呼吁被压迫者起而反抗、革命，这类的日记体小说出二十世纪三四十年代，也是日记体小说最后的绝唱，文学巨匠巴金和茅盾都在此着笔，是日记体小说的幸运。在巴金1933年创作的小说《新生》里，死亡因革命而产生了积极的意义。《新生》是日记体小说消退期的代表性文本，它以第一人称视角剖析人物李冷从个人主义到投身革命的艰难过程，他从对社会制度、冷漠人群的愤懑，到临危不惧为拯救人类而牺牲生命，这段心路历程的转折明确地传达出作家巴金“安那其主义”（无政府主义）的思想信念。第三篇（即终篇）的篇名为《死并不是完结》，他引用《约翰福音》来为无政府主义者的死亡下注脚：“一粒麦子不落在地里死了，仍旧是一粒；若是死了，就结出许多子粒来。”李冷所意识到的死亡并不恐怖，它与生命的价值相连结，它并不会让个体走向尽头，反而能在群体的繁荣上获得新生：“……把个人底生命联在群体底生命上面，则在人类向上繁荣的时候，我们只看见生命底连续、广延，哪里还会有个人的底灭

① 张天翼．张天翼文集：4[M]．上海：上海文艺出版社，1985：319—329．

亡？”[①]“我底死反会给我带来新生。在人类底向上繁荣中我会找出我底新生来。”[②]这些献身宣言传达出一名革命分子英雄式的热情，他走出个人闭锁的阁楼，相信自己的死亡能为中国带来荣景而延续出新的生命，他乐于赴死，死亡变得重于泰山。

细究《新生》这一篇小说，作家采第一人称聚焦视角进行创作，就叙述者之口毫无遮掩地剖露他内心对信仰的矛盾、挣扎，让革命青年激动的浪漫情怀赤裸裸地呈现在读者眼前。有的学者会疑惑这样一个不时发出歇斯底里式的呓语的青年，是否难以说服读者。确实如此，但是若把小说放置于20世纪30年代的语境下，正因为它采用第一人称视角，令读者能探见小说人物软弱而不安的灵魂，而他一步步从软弱走向坚韧的过程，正是一个真实化的过程，激起人们的同情与认同，忍不住为他摇旗呐喊。

《新生》是从个人的追求转而关注群体的需要，巴金充满激情而又语言流畅的文风为小说增色不少，能结合揭露黑暗的生活片段，来激起叙述者内心的涟漪，引发一连串的反应，让主角的牺牲奉献合理化，同时兼顾个人的内心世界与社会的现实图景，叙述手法较高明。在这一时期，通俗化地“实录”人物遭遇，为世间百态写生才能契合新时代文学艺术的要求。

① 巴金．灭亡·新生[M]．北京：人民文学出版社，1989：321．
② 巴金．灭亡·新生[M]．北京：人民文学出版社，1989：323．

第五章 日记体小说在 20 世纪 40 年代的绝唱

20 世纪 40 年代是特殊的历史时期，历史环境要求文学担负起民族救亡的责任。其实，在 20 世纪 30 年代，新文化运动以来发展的文学就已经开始调整步伐，适应战时的形势，形成了独特的文学景观。相比 20 世纪 30 年代日记体小说的写作，20 世纪 40 年代的创作有从“革命叙事”向“战时叙事”转变的态势，“战时特殊的政治文化氛围，包括思维方式与审美心态，促成了许多唯战时所特有的文学现象；战争直接影响到作家的写作心理、姿态、方式以及题材、风格。……而且由于战争局势的变化发展，不同阶段有不同的时代审美倾向，这又决定着不同的创作潮流与趋势，文学发展的时段性显得很明晰”[①]。在战争的影响下，日记体小说在 20 世纪 40 年代的书写规范进一步解体，第一人称视角由内转变为对外的聚焦，心理描写的小说大量减少，转而关注现实生活，人物主角也从知识分子趋向军人、小人物、小职员等。而“时间形式”这一核心规范还在遵循，但很多小说都以“X 月 X 日”代替了具体日期，这种随意性都在说明作者们对日记体这一形式并不看重。另外，“自我对话”这一特征退居幕后，叙事框架上则双层框架重新占据视野，这都是为叙述社会现实、批判政治腐败的内容服务的。面对着滚滚历史洪流，宏大叙事是这一阶段文学的主流写作，日记体小说限制于文体特征，终究渐渐式微，走向绝唱。

第一节 “物价上涨”日记体小说：历史意义超越审美

日记在古代常用于文人志士记录历史、征战、日常生活，这个书写传统一直延续至今。在 20 世纪 40 年代，日记体小说的创作范式更大程度地向“日记”靠拢，呈现出记录社会情状的特征，战时“物价上涨”日记体小说的集中出现，正

① 钱理群，温儒敏，吴福辉．中国现代文学三十年（修订本）[M]．北京：北京大学出版社，1998：343.

是社会现实的真实反映。“物价上涨”的题材在日记体小说中只出现在这一阶段，并不是偶然，它与历史事件相互印证：20 世纪 40 年代初，中国大地陷于战火，国民党政局腐败、黑暗，并不以百姓的生命、生活为重，在战争的创伤中，中国经济发展迅速下滑，人们的生活水深火热。1942 年，河南大旱，粮食减产，而国民党当局并不作为，谎报灾情，政府应对无力，旱灾使粮食短缺，从外省买粮食，导致粮食价格上涨。1943 年，“陪都”重庆也出现了通货膨胀，人们食不果腹，饱受战争的摧残。战时“物价上涨”日记体小说就是在这个背景下产生的。虽然小说的审美内涵欠缺，但是其历史价值意义重大。因此作为一节集中论述。

一、从历史维度探查作品价值

查看战时“物价上涨”日记体小说在 20 世纪 40 年代的分布状况，主要集中在 1943 年，也有单篇在 1942 年和 1945 年，具体刊发情况如表 5–1–1 所示。

表 5–1–1　战时“物价上涨”日记体小说在 20 世纪 40 年代的具体发刊情况

发表／出版时间	作者	作品	作品来源
1942	忆珠	《张太太日记》	《战时妇女》月刊 12 期
1943	郑定文	《小职员日记》	《申报》月刊复刊第 1 卷第 5 号
1943	明沙	《主妇日记》	《现代妇女》1 卷 1–2 期
1943	包天笑	《民国四十二年儿童日记》	《风雨谈》1、2、3、4 期
1943	程远	《公务员日记》	《文学创作》2 卷 1 期
1943	文宋	《拙荆日记》	《人生》1 卷 1 期
1944	石文	《孩子的日记》	《小天地》3 期
1944	达	《公务员日记》	《天地》5 期
1945	又云	《主妇日记》	《女声》3 卷 23 期

由上表可见，战时“物价上涨”日记体小说发表的时间集中，与战时中国的经济状况、社会状况相对应，在风雨飘摇、政治黑暗的历史背景下，文学作品是人们吐露心声的最好载体。日记体小说虽然式微，此时期更多的作家书写鸿篇巨制，力求广泛、深刻地展示社会图景，批判社会现实，如巴金创作的日记体小说《第四病室》，这是 20 世纪 40 年代日记体小说的辉煌巨作，但除此之外，没有再出现其他著名作家的作品了。此时期出现了一些名不见经传的作品，其作者也无从查找，更无法获得作者的社会背景、人生经验，历来文学文本的赏读都是结合作家的生命体验、写作动机来进行的，论述这些无名的作品无法从作者的角度入手。但阅读作品，尤其是具有历史价值且在特定历史时期出现的作品，还有其他维度可以探查。观察其创作发表的情况，可以看出，在时间维度上，其有着大于审美的价值意义。除此之外，考察上表发表的日记体小说的作品名称，简洁明了，直接以视角人物的身份命名，可以看出，这其中，有小职员、公务员、家庭主妇和儿童，其中还有作品名称的重叠。时人对这几类身份的人物比较青睐，这种通俗化的作品名称甚至可以猜测到小说的文风，是比较吸引市井读者的。这也是日记体小说的一个优势，对日常生活的记录，对市井风貌的展示，可能时人不觉得特别，却能勾起几十年后的读者的阅读兴趣。跨越时间，扑面而来的历史、人文及精神特质都是重要的研究资料。从上述作品的来源看，发表的刊物各不相同，这也是有意味的，如果都发表在一种刊物上，反而会失去一些价值，不同的刊物均有刊发同一主题的作品，说明“物价上涨”在当时是社会关注的热点。创作者对其深有体会，报刊社也有意刊发这类作品，这才形成了创作热潮，并且以不同人物视角去看待这个问题，也说明了全民参与的态势。中国现代日记体小说中还存在很多这种无名的作品，其价值意义值得继续挖掘。

二、“物价上涨”主题下不同人物视角的特征

罗兰·巴尔特在《叙事作品结构分析导论》中指出：“一切阶级、一切人类集团，皆有自己的叙事作品，而且这些叙事作品常常为具有不同的，以至对立的文化教养的人共同欣赏。所以，叙事作品不管是质量好的或不好的文学，总是超越国家、历史、文化存在着，如同生活一样。”[①] 战时“物价上涨”日记体小说是这

① [法]罗兰·巴尔特，张裕禾译．叙事作品结构分析导论[M]//《马克思主义文艺理论研究》编辑部．美学文艺学方法论（下册）．北京：文化艺术出版社，1985:532.

样的叙事作品，其叙事特征偏向于记录，虽然作品难免有扁平、模式化的倾向，但仔细观察作品，还是有着日记体小说的意义内涵，其描写的片段化生活和口语化的语言都是这一时期日记体小说的重要特征。

在战时“物价上涨”日记体小说的作者中，有两位是在文学史上留名的。一位是包天笑，20 世纪 10 年代著名的报人、翻译家、小说家。另一位是郑定文，原名蔡达君，生于浙江宁波附近，在上海麦伦中学读书，因家境贫寒，半工半读，1942 年毕业后，留校为教师誊印讲义，并开始写作小说。1943 年底，在上海储能中学做小职员。1945 年，投笔从戎，离开上海，前往苏北参加新四军，投身于抗日的洪流。不幸的是，在胜利前夕，他在苏皖解放区溺水而亡。1943 年郑定文发表《小职员日记》，他去世后，遗稿被好友整理，辗转交给巴金，巴金选出十二篇编成文集《大姊》，在 1948 年出版。《小职员日记》就收录到其作品集中，巴金在文集后记中写道：

> 在去年冬天的一个夜晚我读了它们。它们使我感动。我喜欢那些平凡的故事，那些琐碎的情节，那种朴实的文笔，那种自然的书写。他在叙述自己的生活，诉说他自己和四周的人，尤其是他四周的人的痛苦。看，他们过着怎样的生活！①

《小职员日记》这篇作品正如巴金所说，是以朴实的文笔书写周围的生活，又是以日记体小说的形式，采用第一人称视角，很能使人感同身受。作品描写生活，尤其是战时的生活，在普通平民的生活中，饱腹都是艰难的，尤其在通货膨胀的影响下。经济是小说中突出而敏感的话题。作为一个小职员的“我”，被生活的重担压弯了腰，自己的生活就像骆驼负重在沙漠中行走且找不到绿洲。作品在介绍他的妈妈时这样写道：

> 先前是等着孩子大，好享福，现在孩子们都大了，她还是受苦；米贵了，要愁；煤球用完了，要着急；拿十元钱出去买小菜，铺不满蓝底回来，还都是菜蔬，又要心痛。②

① 郑定文．大姊 [M]．福州：福建人民出版社，1983：147.
② 郑定文．大姊 [M]．福州：福建人民出版社，1983：62.

本来就贫苦的生活，因为物价上涨而更加窘迫，贵生夫妇二人时常来蹭饭，妈妈说："米这样贵，三天两头的来吃，我们当不起……"[①] 但还是让他们吃了，结果是"他俩吃得很快，一会儿就各尽三碗，我刚吃完两碗，饭锅已经见底了。……肚子里有些饿，就觉得这两个人简直可恶，于是觉悟到势力两字的意义"。[②] 吃了两碗，还没有吃饱，可见米粥之稀。通货膨胀下，有钱人二姨母为二姨夫发丧，就用去了好几万，"一口棺材就八千"，"大套大套的烧纸扎的家具，单这烧一次我算算怕也要一二千元罢，五七大开吊，又是一二万"。

这篇小说是郑定文较多运用心理描写的，除了描写自身，对家庭生活、对同事、同学都有记述，也更深入地挖掘了主题，探讨了读书是否有用，也触碰了人生悲惨的命运哲思，并且文字锤炼，用了通俗易懂的口语，语汇也丰富，比如在贵生夫妻来蹭饭，"我"和母亲在吃粥，而母亲没有招呼他们，他们就静静地坐在那里看着我们，也并不走。作者这样形容这种尴尬艰难的心境："我忽然觉得要呕吐起来，恶劣的感觉象刺毛虫一样的爬过脑子，心房难过地膨胀着，象吞吃了一大把的黑色的臭虫。"[③] 此段心理活动的描写，文字精准而比喻新奇，却让人把那种难受的状态都体会到了。

包天笑的作品《民国四十二年儿童日记》，同样发表在 1943 年，小说是单层叙述框架，但分为四章，每一章是一个月的记事。人物视角是小学六年级的学生，在当时社会，已经是有知识的少年了。严格说起来，也并不算儿童。这篇作品延续了包天笑创作通俗日记体小说的风格，语言平淡，并没有情绪的起起伏伏，完全是一种见证实录的笔法。他还在"第一章　三月"的一则日记中，记述了母亲怀着自己，即将生产的事，仿佛自己就在现场，看似有些滑稽，实则有着作者的深意。三月的日记中以观看农业展览为开端，至孙先生进行关于农业的演讲为结束。小说的内容和结构都令人深思。结构上，观看展览，孙先生为同学们讲述了中国的地理状况，说明中国为什么农业发达，并且还给同学们讲："你们也听得家长讲起那种故事吗？从前为了粮食问题，很打了几次饥荒，所以各国都设有粮食部，以调用全国的粮食。"[④] 紧接着，人物讲述了母亲在生育自己前夕的故事，生

① 郑定文．大姊[M]．福州：福建人民出版社，1983：84.
② 郑定文．大姊[M]．福州：福建人民出版社，1983：65.
③ 郑定文．大姊[M]．福州：福建人民出版社，1983：65.
④ 包天笑．民国四十二年儿童日记[J]．风雨谈，1943（1）：83.

活所迫，即使即将临盆，也要出门去“轧米”，这是一种方言，指的是在拥挤的情况下争抢粮食，每次轧米都要排队几个钟头，并且前后拥挤。作者把这一场景安排在十多年前自己未出生时候，但查阅20世纪40年代的新闻，则可以看到这是在1942—1943年常见的景象，比如《新华日报》（1942年10月14日）：“后来因米局的价格跟暗市的价格相差很大，轧米的人，有许多在深夜二点钟就坐在米店门口等候，一直等到天明八时米店才粜米。”作者为何把这一不是当时的场景写出，结合全文，方可明了。紧接着，孙先生开始了演讲，主题还是农业和米的问题。作者没有以自己的口吻讲述这段演讲，而是记录了孙先生的演讲内容。孙先生在演讲中讲到米贵了有各种原因，因为涉及运输、出产、成本等，并且讲述以往因缺米而困苦，但现在不存在这个问题。因为“现在政府设有粮食部……每个地方有多少人口，每年需要多少米，都有一个预算，虽有市场奸商，也无从囤积垄断，这是制度好的缘故。所以现在我们本国的米，除自用以外，还输出十分之四。而且我们要平衡米价，全国要一样价值……这一点是全国粮食调节会的功劳啊！”①

阅读至此，才明白作者用意，以反讽的手法嘲讽当局谎报灾情，粉饰太平。包天笑是十分关注社会政治的作家，这从他晚年的日记可以看出。所以在物价上涨、灾民遍地的环境下，这篇小说的讽刺意味极重。而为什么小学生们会轻信呢？一是因为儿童单纯，听信老师的言论。二是因为文中已经交代，这是一所城市小学，在此上学的儿童家庭状况良好。作者安排的十几年前的抢米事件才是现实社会正在发生的。

除了以上两位有知名度的作者的作品，还有1943年末的作品《拙荆日记》，小说为双层叙事，丈夫把妻子的日常琐记润色刊载。小说记录了家用开支，“真是越用越多，每天买小菜的钱，至少大洋一元……今天上午去买三双白跑鞋，化去四元五角，记得去年在蓬莱市场买的时候，只有小洋六角半一双”②，有写买酒，“两角钱买到的浅浅的一大碗，从前还不是只要铜版5个就够了”。这是一个小资产阶级家庭的开支，丈夫在外资公司，能够养活一家人，但也是节衣缩食才行。

---

① 包天笑．民国四十二年儿童日记[J]．风雨谈，1943（1）：87．

② 文末．拙荆日记[J]．人生，1943，1（1）：13．

1943 年，明沙的小说《主妇日记》，是以家庭主妇为小说人物视角，讲述主妇被生活逼到进入社会，工作讨生活，又被社会逼回厨房的辛酸。在小说开篇，主角想要买一双新鞋，但是“从前年才卖十二块一双鞋的时候说起，那时我舍不得买——不是舍不得，是家庭经济不容许支出这样一笔巨款，现在当然更不能做此妄想”①，又讲到隔壁夫妇吵架，因为领平价米的事情，他们都是公务员，但由于物价上涨，粮食紧缺，一家人只能有一位公务员领米，女方因为无法接济父亲而和丈夫吵架。

通过家庭主妇、公务员、儿童、小职员等的视角，创作者对 20 世纪 40 年代战时物价上涨的情况进行了记录叙事，语言通俗，力求符合人物视角的身份，体现了小说的市井气息。

第二节　广阔社会图景下的人性透视

1945 年巴金创作的《第四病室》是 20 世纪 40 年代日记体小说重要的长篇作品，也是日记体小说最后的辉煌。小说以自身经历为蓝本，把创作的核心焦点指向了社会，指向了人群，批判了社会的冷漠，透过批判指出了人性的自私、贪婪。小说采用第一人称内聚焦视角，小说文本的心理描写片段并不是重点，无论人物作为故事的主角或配角，都往往聚焦于特殊经历的事件发展，或目睹、听闻到身旁平民百姓的日常琐事。日记体小说的文本又回到情节主线的叙述模式，批判、审视社会现象是情节为主线复归的目的，说到底，是在为现实主义文学服务。

一、情感克制的叙述

1945 年，巴金的日记体小说《第四病室》出版，小说中故事发生的地点是贵阳，这是巴金根据自己的经历写作的，1944 年 6 月巴金在贵阳中央医院一个三等病房里住院了十几天，第二年他把自己的所见所闻以日记的体裁写了出来。小说中的病人、医生、护士所发生的事情都是巴金住院时所接触到的人，事件也都是真实经历，只有杨大夫的故事多是虚构的，为的是希望在病室里，真有这么一位

① 明沙．主妇日记[J]．现代妇女，1943，1（1）：23.

医生，给病人一点安慰和帮助。小说中涉及人物较多，病人也是各有病症，多数来自于底层社会的各行各业。这里形成了一个小型的社会，巴金借由小说中的各色人物描绘了广阔的社会图景，在后记中，巴金写道：

> 这是一个年轻病人在当时一家公立医院中写的病中日记，也就是作者根据一部分真实的材料写成的小说。第“四病室”，一间容纳二十四张病床的外科病房，可以说是当时中国社会的缩影。在病室里人们怎样受苦，怎样死亡，在社会里人们也同样地受苦，同样地死亡。可是在这种黑暗、痛苦、悲惨的生活中却闪烁着一线亮光，那就是一个善良的、热情的年轻女医生，她随时在努力帮助别人减轻痛苦，鼓舞别人的生活的勇气，要别人“变得善良些，纯洁些，对人有用些”。作者写出了在那个设备简陋的医院里病人的生活与痛苦，同时也写出了病人的希望。①

小说是以日记体的形式写作的，相比较巴金以往的作品中丰沛情感的流露，《第四病室》是较克制情感的笔法，视角人物大多数时间安静地躺在床上，病房内的人生百态客观地通过他的视角展现出来，他偶尔发声，和医生、护工、病友交流，但很少表达真情实感。作者这样安排，为的是把这个“社会缩影”记录出来，让读者自己去评判，去感受。巴金自己也认为“《第四病室》跟《憩园》和《寒夜》不同。它没有《憩园》的那种挽歌的调子，也没有《寒夜》的那种悲愤的哭诉”②。巴金将《第四病室》中的光明集中体现在善良热情的女医生身上。

日记体小说的文体特征是突出个人情感的，但《第四病室》的情感是含蓄的，陆怀民到达一个陌生的环境，并且自己为要割掉胆囊而担心，对于周围那些哀痛悲惨的病友，他最初是无暇他顾的，沉默寡言。作者总是以描述性的语言讲述病房的环境，医生及病人的行为、样貌。他对第四病室的第一印象是“到处都是床和人。正对着门又一张条桌，桌上放了一堆纸件、钢笔、墨水”。紧接着到达病房，通过视角人物的眼睛，读者“看”到了病房的全貌：

---

① 巴金．巴金选集：六[M]．成都：四川文艺出版社，2010：131—132.

② 巴金．巴金选集：六[M]．成都：四川文艺出版社，2010：133.

我再看脚下，这是一片阴湿、污黑、不十分平坦的土地；我又往上看，上面没有天花板，屋顶相当高，两边墙上各有两堵通气的高窗，两边木壁上各有两排可以撑起、放下的格子窗，糊窗的白皮纸破了，就不曾重糊，现在成了麻雀来往的航路。这间病房比尤大夫家的病室差得太多。不过它并没有使我失望。这是三等病房，每天只收三十元住院费，即使连伙食费连普通医药费都算在内，比起最下等的旅馆最坏的房间也便宜些。在这里住上两个月，我负担得起它的全部费用。所以我感谢尤大夫把我介绍到这个医院来。

……

那些病床，那些病人，那些陌生的面孔，那些新奇的声音渐渐地引起了我的注意。我这一排一共有四张床，号码是从四到七，都是床头靠着白粉墙的。在我的脚下是第十二床，床头朝着我的脚，它的左边也有一张床，那是第十一号，每张床的右边靠近床头都有一个放东西的方木柜。①

人物只是把看到的描写出来，并不发表评价，在描写病人的时候也是详细描述病人的状态，比如对于想要送他饼干的病友朱云标：

他的脸带红黄色，看起来很年轻，又健康。他的五官端正，只是眉毛和眼角都往上斜，成了倒八字形，有点儿像戏子上装后的眉眼。这给他那张朴实的农民脸上涂了一点儿怒容。他的左膀高高地举起来，上面缠着绷带，从肘拐一直缠到手腕，只露出一只手，手指弯曲着，被吊在一个铁架上，这个简单的铁架就放在方木柜上面，而且是用麻绳绑牢了的。②

无论是朱云标的面容，还是他的体貌，都介绍得很详细，并且把他经过简单处理的左膀描述得较为清晰，突出他的病痛。对于护士、护工的行为也描述较细

① 巴金．巴金选集：六[M]．成都：四川文艺出版社，2010：11．
② 巴金．巴金选集：六[M]．成都：四川文艺出版社，2010：11．

致，比如对工友老郑的行为描写：

> 他把桶放在第四床床脚边，却去拿了第六床、第七床的便壶来，把小便倾在桶里。我听见一阵溅水声，正要拿手帕蒙鼻孔，一股带大蒜气的尿臭已经扑到鼻孔里来了。工友把便壶放回到原处，又去把铅桶提到第七床床脚放着。又是一阵暴雨声和一阵臭。工友放回便壶以后，我看见第六床伸了右手到床下面去摸凳子。他的手只能挨到凳子的一只角。无论如何他拿不到便壶。[1]

通过这样的描写就能显示出工友老郑并不是一个有耐心、性格友善的护工。

这些描述性场景在小说中普遍存在。心理描写则并不多，限知性视角使小说都在人物视角的范围内，很大程度上便宜了叙事。克制情感的叙述是为了让读者的阅读焦点在社会情态上，不是其内心的波动。

二、深刻人性的剖析

《第四病室》共分为十章，日期从 6 月 1 日到 6 月 18 日。主人公本来是要割掉胆囊的，结果出院的时候也没有割掉。从章节的设立可以看出，虽然是日记体小说，标注了日期，但显然作者更重视章节，也就是更重视故事情节的呈现，日期反而成了辅助。为了增加情节的厚重，作者在日记之前还设有书信说明。

巴金以两封信为开端作为小说的序言，是小说视角人物陆怀民和作者的对答。书信中传达出了几个信息。其一，杨大夫不知所踪，在巴金的回信中也没有明确杨大夫的生死，只说有可能有人看到貌似杨大夫的人，也说不要轻信，因为也可能是别人，这应对了后记中巴金所说的，杨大夫是虚构的人，也是希望中国能够存在的人。其二，给朱云标母亲的信，没有找到地址而没有写，他的同事、同乡和朋友都不知道。这留下了悬念，回到正文，发现在朱云标死亡前几天的时间里，他都在呼喊着要回家，看他的娘，还让自己的媳妇改嫁，而陆怀民也相信他是清醒的，但实际上可能不是，否则他的同乡不能不知道。他可能早就没家了。其三，巴金讲述收到日记时候，当地发生了霍乱，但卫生局长不作为，还声称没有发现

① 巴金．巴金选集：六 [M]．成都：四川文艺出版社，2010：12–13.

霍乱。百姓都在死亡的悬崖上站着，生命没有保证。这是对于小说之外的延伸，医院、病室、卫生局这种关系着人们健康、生死的地方，都是冷漠不作为的。其四，巴金在信中写道："'日记'写得不怎么好，不过跟那些拿女人身上的任何一部分来变戏法的艳字派小说相比却高明多了。在这纸张缺乏的时期中，我们多耗费一些印书纸，使色情读物的产量减少一分，让我们的兄弟子侄得到一点新鲜空气呼吸，我们也算是报答了父母养育之恩，或者照另一些人的说法，是积了阴德了。"这点出了小说的社会批判意识。

《第四病室》虽然是克制情感的笔法，但是视角人物陆怀民并不是全然观看的身份，他仍有所感，并发出声音，即使这是已经无法克制的发声，从隐忍到无可奈何，但情绪并不激烈，却给人以巨大震撼。第四病室中有着太多可怜的生命逝去，而医生、护士的无动于衷，病友还以此调笑，都是引起陆怀民悲愤的缘由，只有杨大夫热情、负责，给他一丝光明和希望。小说以护工老郑对比杨大夫，进一步突出了杨大夫的善良和责任心。杨大夫在第一次询问主人公的病情时，作者是这样叙述的：

> 她问得详细，从我的父母和家庭状况，我的职业，以及个人嗜好都问到了。她问一句，我答一句。她说话快，只见嘴在动，好像在背书似的。我觉得有许多问话和我的病完全没有关系。[①]

而护工老郑则是对没有给他"钱"的病人，进行恶作剧，比如十一床的病人无法下床，只能在床上解决大小便，老郑故意不给他拿手纸和便盆，任凭他因为无法忍受而痛苦地呻吟，而"我的心被这叫声搅得非常难过，我用手蒙住两耳，用被蒙住头，但是并没有用，我更加不舒服"。同样是底层民众，彼此之间并没有人与人之间的同情和互助，这也和杨大夫的行为形成鲜明的对比。

杨大夫和其他医生的对比也是强烈的，她对于病人身上可怕的疮也不嫌弃，而是温和地说："老先生，你忍一下痛不要紧，我把腐肉给你弄干净，好上药。"，而另一位医生胡小姐则"始终没有敢正眼看那个疮口，杨大夫的眼光却盯在疮上面，她的脸上露出专注的表情"。这体现了杨大夫的责任心和道德品质。

① 巴金．巴金选集：六 [M]. 成都：四川文艺出版社，2010：17.

在第四病室中，人们被病痛折磨，寄希望于医院，却在这里受到了进一步的“摧残”，第十一床的病人没有钱后受病痛折磨，失去了正常思维，最后死在病床上，即使死去，老郑在抬尸体的时候也要打上一巴掌，因为没有得到好处，而其他病人关心的不是他的死，而是因为护士签了病人去世的单子，他们因为知道了护士的名字而兴奋。对于第四病室来说，只是空出了一张病床，没人会记得上面躺过谁。

小说还详细描述了第六床的朱云标从刚开始“健康”的身体状况，一步步在医院消耗的过程。医生并不负责，消极治疗，没有钱买药则只能等死，护工也不负责，且同情心都没有，朱云标要小便，却没有人倒便壶，找老郑，老郑说“管他的”。看见朱云标“急的额上冒出一颗一颗的汗珠。他那一脸的苦相使我心里难过”，“我”叫来护士小姐，护士找了半天，说“等一下吧”，并且马上忘记了这个人的痛苦。后来是“我”喊来老许，请求他帮忙倒掉便壶。在朱云标发烧几天，却没有人管的时候，“我”又忍不住了，对来看他的工友说“你们快点去给他买药吧”，但两人出去再也没有回来。朱云标就这样在医院耗死了。而这只是医院的日常而已。

最终“我”的胆囊手术也并没有成功，胆囊没有切除，算是白白开刀了，但是杨大夫专业的解释和安慰让“我”感到了温暖，并且并不后悔，“好像得到了一点东西”。这既是对社会现状的一些感悟，也是自我的一些警醒，在社会缩影似的病房内，看清了普通百姓的病痛悲苦、人性的善恶，并因为杨大夫而认识到，要“变得善良些、纯洁些，对别人有用些”。

小说中对于人性的剖析是不动声色的，是克制而平静的，作者以自己的所见所闻向读者展示这样的社会图景和人性的善恶，为此，作者不惜限制了人物的心理活动、情感波动，而是以故事情节为主，向读者娓娓道来，又因为是巴金本人的亲身经历，因此吻合了日记体文学的“真实”性，虽然作品中没有直接以作者的视角来结构小说，而是化身为一名学生来代言，但是因为其写作的诚恳，并不影响故事的真实展现。至此，日记体小说的写作已经彻底脱离了二十世纪二三十年代对于代言人物是否能够呈现出真实艺术的纠结，作者以娴熟的写作手法和恰到好处的情节安排，打破了常规的日记体小说的书写规范，获得了独特的审美内涵。

第三节　体例的趋变："内容真实"的回归

从抗日战争爆发到1949年新中国成立，中华民族为了民族解放进行的艰苦卓绝的斗争成为鲜明的民族记忆，在这段历史中，文学充当着鼓舞人心、批判反动势力的角色，日记体小说是其中的一分子，是有着自己特色的一分子。这一时期，日记体抒情叙事的、表达内心情感的体例规范开始退化，反而回归到20世纪10年代日记的记录特征，从情感真实回归到内容的真实。

中国现代文学在发展过程中形成了具有时代特色的战争文学，不同于把战争作为背景的现实主义创作，20世纪40年代的很多作品直接描写战争，战地的报告文学和小说风靡一时。初期这类文学以极大的热情书写国人不惧生死，走向战场，歌颂老百姓或知识青年积极投入抗战。随着抗战的不断深入和持续，作家们的视线由热情转向严肃。战争的残酷，战场的惨烈，由此也更加呼唤战争的胜利，这是抗战文学发展成熟的表现。

日记体小说中对于民族解放的记录，并没有形成大规模的创作潮流，但也是重要的题材，在20世纪30年代末到40年代末，出现了一定数量记录中华民族为争取民族解放进行英勇抗争的小说。有别于冯铿《红的日记》这类热情洋溢的写作风格，有对战争残酷的描写，也有对军人日常生活的记录，有英勇作战的战士，也有对反动派卖国求荣的痛恨与批判，是中国近现代发展过程中一段珍贵的"影像"。

一、第一人称视角中的军事题材叙事

中国现代日记体小说从诞生以来，作者们对题材进行了多种尝试，战争是其中之一，也因为对战地生活或者军人生活没有亲身体验不好把握，所以数量有限。最早的军事题材创作是1922年冰心创作的《一个军官的笔记》，以军官矛盾的心理情绪描写著称，但完全没有涉及战场。同样在1922年，碧梧的小说《疆场日记》则最早记述了战争场面，小说是双层叙事结构，在序言中，作者就告诉读者，这是他同学的日记，投笔从戎后"作战未几"就身死疆场，留下日记告知读者"战

争实是些可悲可哭的事，读了之后，就可明白战争实是一出最无人道德惨剧”[①]。虽然是投笔从戎，但在正文中，小说人物视角并没有展现出对参战的热情，想到的是父母为他上战场感到恐怖，一起出营地的战友不知道有几人能活着回来，又有多少人会受伤。一起出营的战友“人人脸上都泛出灰白颜色，板滞得无一些生气，有几个人虽露笑容，但那笑容之中都含着无限的凄凉和惨苦”[②]。哀兵必败，刚一上战场，就中了埋伏，一声炮响，“我的五个同伴都已躺在地上，有的头炸去了，剩下半截身子，有的手脚都被炸断，只有一段不枝不蔓的躯干，有一个伙伴，肚皮炸的裂开，心肝五脏都流到外面，好不凄惨。”[③]小说也不只把战场的残酷表现出来，战场之外的事情，也值得深思。难民百姓讲述了敌军对他们的暴行，不仅抢掠，还要侮辱他的女儿，这激起了主角的保护欲，却在奋勇杀敌的时候不幸中弹。小说的主人公是一位普通的人物，他是投笔从戎而参战，但最初有着对战场的恐惧，终于敌军的暴行激发了他的斗志，最后英勇就义。这也体现了主人公的心理成长。

20 世纪 30 年代战争题材的创作渐渐增多，并且很多是亲历战场的人所书写的，冯铿的《红的日记》前文已叙述，是比较程式化的刻画人物的小说。1932 年吴元龙发表在《大陆》杂志上的《淞沪作战的个人日记》，是根据真人真事创作，作者参加过一·二八事变，在八十八师任连长，在后记中附录“他在这里告诉我们虽只限于一个小小队伍的动作，但我们却见到更广大的真实——至少比那些坐在自己房间里用凝想写出来的作品更真实”[④]。可见这篇小说作者追求的日记体的真实特征，小说视角人物有着军人的血性与气势，以“国家的危亡”为自己的责任，“凡稍微具有一点血性的同胞们，都想背着枪、荷着弹，上前线拼命去，何况保卫疆土、冲锋陷阵，已是我们武装同志应尽的天职”[⑤]，开篇就点明了视角人物的个性，也奠定了全文的情感基调，他新婚三个月就重上战场，语言朴实有力：

出发的命令来了……去参加十九路军作当理的防卫，这战争实光荣

① 碧梧．疆场日记[J]. 星期，1922，11：1—9.
② 碧梧．疆场日记[J]. 星期，1922，11：2—3.
③ 碧梧．疆场日记[J]. 星期，1922，11：3.
④ 吴元龙．淞沪作战的个人日记[J]. 大陆，1932，1（5）：20.
⑤ 吴元龙．淞沪作战的个人日记[J]. 大陆，1932，1（5）：1.

的抗日，这时候使我痛快死了！从去年九一八沈阳惨变以至现在的期待，刺客算偿愿了，我并不是希求个人的荣幸，但愿能够把守着国家的主权自由！领土完整！（二月五日）①

小说随着人物的视角一路向上海行军，并记录了沿途的战时情况、民生情况、战斗中的作战计划，甚至村镇布防，都一一展示，并且在二月十九日的日记中，附录了日军在报纸上给十九路军蔡廷锴将军的通告，其内容嚣张挑衅，令人激愤。小说描写了激烈的战争场面，比较写实，敌我双方有来有往，后被命令战略撤退。虽然撤退了，但士兵的斗志还是高昂，都期盼着打回去，与历史基本相符。小说最后作者赋诗一首，悼念牺牲的士兵。诗歌中写道：

骨埋河，血染尘，战士的天职尽了！
为护国际约法和信义，
为保世界和平与公理，
要扑灭人类的魔障！
快乐的前进，拼命地搏斗，
头断，毁身，
这样的死是无限的光荣
这样的死是不朽——永生②

这篇作品洋溢着爱国主义的情怀和不惧牺牲、奋勇杀敌的精神，是一部激励人心振奋向前的作品。小说采用了单层结构叙述，没有制造悬念，直接以第一人称视角叙事，给人以真情实感，虽然言语有些粗糙，但编者仍然保留了原文，为的是给读者以“真实”的感受。可见，在二十世纪三四十年代，无论是编者还是观众都被社会现实所吸引，需要“记录性”的文字，展示广阔的社会景观，而不是抒发个人情感的文字。

军事题材作品还有1932年邓启沂的《抵抗日记》、1934年孤萍的《学兵日记》、

① 吴元龙．淞沪作战的个人日记[J]．大陆，1932，1（5）：2.
② 吴元龙．淞沪作战的个人日记[J]．大陆，1932，1（5）：19.

1936年宋之的的《一九三六年春在太原》、1936年艾群的《军人日记》、1940年安娥的《突围十二记》。其中，《军人日记》比较特殊，是讲述在白色恐怖中，国民党宣扬“攘外必先安内”的政策，对同胞进行攻击、屠杀，并指出国民党军队中腐败滋生，上级对下级种种压迫，非打即骂，士兵在军营中过着非人的生活。日记体小说的军事题材创作里面不乏虚构、想象，有的意在展示，有的意在批判。为了增加小说的真实性，双层叙事是常见的架构。这一题材的小说的审美意义不高，但其价值意义值得发掘。

二、书写体例的“日记化”回归

中国现代日记体小说的书写体例在新文学时期得以正式确立，并逐渐成熟，旨在以第一人称视角抒发个人内心的悸动。在20世纪40年代，这种成熟的体例又发生了变化，并且是向着20世纪10年代初期的一种回归，这与时代发展和个人的写作目的的变化息息相关。

一方面，日记体小说在20世纪40年代去小说化，趋向于“日记”的写作，将对叙事的打磨和情感的抒发转为对事件的记录，第一人称限制性叙事视角由内聚焦转为外聚焦。从关注个人的生活转为关注社会的发展。而日记是具有“私密性”的，日记体小说又创造性地发展了这一特性，使其具有“社会性”，从而达到供读者阅读、传播的目的。比如1938年，王煜在《文艺新潮》发表了《完了的日记》，这篇日记体小说的时间形式，以“X月X日”记录，虽然也符合虚拟时间形式的规范，但数字省略了，不再精心营造叙事，重在记录事件。1940年，安娥在《全民抗战》122—140期发表小说《突围十二日记》，更是突显了章节的功用，日记的日期进一步弱化了。全文共分为六个部分，每个部分都有名称，小说的情节起伏描写详细，而人物视角则完全是记录者的角色，很少表达自己内心的想法和情感。

另一方面，二十世纪三四十年代的日记体小说从对自身生活的感悟、自我情感的表达，回归到现代转型之初的“代言”写作。从新文学时期单层叙述回归到双层叙述，来证实故事的真实性。比如王煜的《完了的日记》，小说采用了双层叙述，外叙述者记述了日记的来源：

这回袭击敌人的将校疗养班，我们过分的愉快，在那一大堆战利品下，什么都有的，绒的厚毯黄昵的官长大衣和制帽，白色的护士衣服，蒸腾着药味的瓶罐，烂臭的纱布和药棉，光亮的电筒，细小的注射针，罐装的腥鱼、牛肉和羊膏，还有装盒的角砂糖。“老王，你看，一本书！”那个年轻的政训员从一大堆里捡起一本记事册样的书，握在手里摇动着。我下意识的把那本书从他手里攫了过来，一翻开那硬的黑漆布面，满页用钢笔蓝墨水写的 X 文，因为自己是识得几个 XX 字的，就对它起了惊奇和一些不可猜度的心情，默默的读下去了。当我读到最后一页的末一字时，不自主的叹了口气：“这是不再能继续的日记了！”于是我动手翻译了出来。①

代言性的日记除了双层叙述结构，也有单层叙事，是直接代言的类型。比如 1944 年小扬在《现代妇女》3 卷 5 期发表作品《一个女工日记抄》，作者拟为女工，讲述其在工厂中的所见所闻，在作品开篇三言两语交代了女工的生活处境：

早上从纺纱部的窗口上透过一丝红光，虽然我分辨不出是外面的阳光还是工房里电灯的反射，但屋子空气很热，对面那个身体比我更坏的李素珍穿着单布衫站在机器旁边，还不住的留着汗水，由此我想今天一定是大晴天。果然，午饭时当黑衣门警把铁门一拉，就有刺眼的太阳射进来，我们被张婆婆搜了腰，排队走出去，在阳光里，在我们经过的道路上，尽是棉花灰灰，有一位摩登的烫发的太太碰见我们，厌恶的瞟了我们一眼，不耐烦的挤过去了。②

从这段文字描写中可以看出女工的社会地位，工作环境差，受到监督奴役，并且被富人所鄙视。因为长时间在棉絮灰尘中生活，年纪轻轻就得了肺痨咯血，而挣的一点工钱还不够买米。作品中没有人物内心情感的抒发，一直在叙述生活

① 王煜．完了的日记[J]. 文艺新潮，1938，1（7）：225.

② 小扬．一个女工日记抄[J]. 现代妇女，1944，3（5）：17.

中的境况，可见代言人是要向人们展示工厂女工的悲惨境地，是当时工人生存环境的一个缩影。

20 世纪 40 年代日记体小说对于代言叙事的回归，是与时代背景息息相关的，作者们更急于描绘广阔的社会图景，关注在历史洪流中社会的发展、民族的解放、个人的命运，虽然体例向 20 世纪 10 年代初回归，但也要看到写作内容，展示的是时代精神的进步。

第四节　日记体小说的文体演变与文学寓意

在 1940 年《战时中学生》第二卷第一期的刊物上，刊载过《日记写作指导辑》，可以作为 20 世纪 40 年代日记体文学创作的理论侧面的窥探，对于探讨 20 世纪 40 年代日记体小说的创作有着积极意义。在这个专辑中，刊有陈福熙的《我也参加谈谈日记》、何德明的《日记漫话》，陈康白的《历史课本以外的史料——关于写日记的一点意见》、叶绍钧的《日记与写作能力》、许钦文的《日记体的抗战文学》，等等。可见，在日记体小说数量锐减的时期，关于“日记”的讨论一直没有消退过。在所刊载的文章中，除了许钦文的《日记体的抗战文学》，其他文章都在探讨如何书写日记，以及养成记日记的习惯有什么益处。抗战时期，是一个特殊历史背景时期，日记体小说在此阶段消退，成为现代日记体小说的绝唱。许钦文认为：“不过真的日记，只要有益于抗战，无论出于前方将士之手，或者后方努力生产的民众所写，在广义的文学上，也算是一种文学作品，并为我们所需要，虽然这只可以算作一种普通的抗战文学，并非真正的日记体小说的抗战文学。”① 从这段文字可以看出，在民族危亡之际，文学的宣传功用性进一步增强，不必遵循严谨的小说结构，只是用日记记录抗战事宜，只要对抗战有利，就是抗战文学了，日记体小说的文体在此渐渐解体，转而回到了日记的功用和写作范式，日记文学最初的情感性和真实性在此时隐退，转而为内容服务，这也是日记体小说在此“绝唱”的重要原因。

这也从另一个侧面反映出日记——中国传统书写习惯，千百年来长盛不衰的原因。日记有着跨文类的优势，其在 20 世纪 10 年代时期衍生出日记体小说，从

① 许钦文．日记体的抗战文学 [J]. 战时中学生，1940，2（1）：20.

此在文学史上创造了中国现代日记体小说的独特风采。在文学写作更加多元化的当代，日记体小说也重新活跃起来，但其影响力远不如现代日记体小说，毕竟那些令人敬仰的作家，如鲁迅、老舍、巴金、茅盾、沈从文、张天翼、庐隐、丁玲，以及 20 世纪 10 年代的小说家徐枕亚、周瘦鹃、李涵秋等都在日记体小说的创作中书写了璀璨夺目的作品。抚今追昔，本书探索日记体小说文体成型的源头，勾勒它演变的系谱，讨论其书写规范、文体特征、社会背景与精神内涵等议题。

中国的日记体小说是一种因时代剧变而产生的文体。1914 年，徐枕亚受到林译小说《巴黎茶花女遗事》的启发，将中国传统笔法与西方文体相结合，把《玉梨魂》改写成《雪鸿泪史》，成为 20 世纪 10 年代第一篇运用日记体记叙的小说。从这之后，到新文化运动之前，通俗日记体小说有大量创作，如《雪莲日记》《断肠日记》《飞来之日记》《珠珠日记》《冷红日记》《学徒日记》等。这些小说通俗易懂，又融合了新的写作形式，受到读者的欢迎，并且它们初步形成了日记体小说的书写规范，并奠定了中国现代日记体小说的出现。

伴随着新文化运动新文学的发生发展，中国现代日记体小说也出现了创作高峰。1918 年，鲁迅的《狂人日记》横空出世，使读者看到这一类文体的成熟形态，“人的文学”的提倡，个性解放思潮的呼吁，日记体小说便于书写的优势，造就了现代日记体小说的勃兴。新文化运动时期日记体小说完成现代转型后，后新文化运动时代更多作家加入了创作队伍，开拓了创作题材，比如讽刺社会现实的作品开始出现。这一时期很多女性作家以日记体的形式探索独特的生命体验。二十世纪三四十年代，由于社会形势的剧变，文学展示社会现实的特点被强调，日记体小说在这样的洪流中，放弃了“个人”的体悟，而是走向“群体”，不可避免地丧失了原有的对于内心世界的思考，在救亡图存成为社会的第一需要后，因无法展示宏伟的社会图景而消退在现代文学的舞台。以下略述各项文体规范的历史演变与其文学寓意。

一、第一人称视角的内、外转变

第一人称视角是日记体小说最重要的文体特征，视角的焦点根据创作需要而转变。20 世纪 10 年代为日记体小说的萌芽期，大量通俗日记体小说的诞生充分说明，日记这一传统文类是与西方文学思潮相结合的优选，这段时期日记体小说所体现的文体形式已经初步具备了现代日记体小说的要素。其中，第一人称视角是最无可置疑的要素，和新文化运动、新文学时期的日记体小说相比，20 世纪 10 年代日记体小说更注重小说的故事性，日记多根据事情的发生、发展来书写，是以离奇的情节来吸引读者的。第一人称视角在这一时期是聚焦在“外”的，没有向内心的真正探寻，而新文化运动以后的文本则由情节主线转为情绪主线，将对事件的关注转向内心情感的诉说。新文化运动时期第一人称视角的“内”向的转型，反映出当时作家们的叙述需求，即对内心的真诚表达。由此，这一文体成为现代作家们抒发生命体验与个人情感的绝佳选择，这一视角的转型也真正体现了“日记体”的本来面目。

从 20 世纪 20 年代末到 40 年代末，第一人称视角又因时代思潮的转变，将向内的聚焦转为向外，关注的目光投向了广阔的社会生活中，内心的真实不再是书写的方向，社会的样貌成为重点，但是即使转变了视角，在救亡图存的社会环境中，日记体的形式仍然无法适应新的聚焦，这是文体本身的局限。陶东风在《文体演变及其文化意味》一书中，将文类发展分为三个基本阶段：第一阶段是文类复合体；第二阶段出现大量摹本，为文类的确立期；第三阶段则需要创造性转化来为文类添注新血，以灵活并延续文类的生命。日记体小说作为一种文类，很明显地，它无法再注入新血以延续生命，其核心规范——第一人称视角的内聚焦，成为无法展现客观现实的“旧”形式。就文体演变的自身因素而言，其“结构外壳开始严重限制了它的发展，竭尽了其变化的可能性，使之不能随社会文化以及人审美心理结构的变迁而调整转化自身规范”①。

二、叙述结构的双层叙述与单层叙述

日记体小说经常是“小序 + 正文”的结构形式，在日记正文之前或之后设置外叙述者，形成双层叙述的结构，外叙述者有着自己的功用，它通常用来引出日记的正文部分，或充当正文部分真实性的“见证者”，或对正文部分进行评价，或补充说明正文的内容。20 世纪 10 年代的日记体小说中多数运用此种书写规范，用来证明日记的真实性，向读者说明日记中的故事不是自己虚幻出来的，但此种“真实”是作者营造出来的，反而有种欲盖弥彰的嫌疑，但往往为了小说情节的

① 陶东风．文体演变及其文化意味[M]．昆明：云南人民出版社，1994：82–83.

完整性，双层叙述成为多数 20 世纪 10 年代作品的选择。

而到了新文化运动时期，前期的文本多采取双层叙述模式，后期则愈来愈少有作家运用这种叙述手法，双层叙述的结构转变为单层叙述，作者们不再追求小说情节的完整性，而是更加关注个人情绪的抒发，内心情感表达的真实也不必借助外叙述者的证明，随着作家们写作越来越成熟，内容本身也带有一定的审视性和批判性，因此单层叙述自然而然地成为多数。

这也与日记体小说的真实性特征有关，在 20 世纪 10 年代时期，作家与读者都重视故事真实，而到了新文化运动后的二十世纪二三十年代，情感真实成为新的需求，这也是这一类文体成熟的标志，在 20 世纪 30 年代中后期，随着情节为小说中心叙述的潮流再度崛起，日记体小说的结构转变成单、双层共存的形态。

三、时间设立的虚拟性

时间形式是日记体小说的又一书写要素，运用得当，将会大大增加日记体小说的文学意蕴。在 20 世纪 10 年代时期，已有一些作家运用虚拟的时间来辅助故事的开展，但更多的时候，虚拟的时间被当成形式的工具，没有将其融入情节中，如果有日期的断裂，作家们会在文中自觉地进行衔接，反而破坏了日记的真实性。

这种自行填补空白的做法在新文化运动时期很少出现，新文学作家们已经将时间的虚拟性融入情感的表达中，小说情节横截面的写法也不再追求日期的连贯性，比如鲁迅的《狂人日记》，狂人的心理是不可捉摸的，他的时间流动也是跳跃性的，所以日期随着狂人的心理活动变化。在鲁迅的《伤逝》中，进一步体现了这种观念，甚至小说中没有明确的时间标注，而是季节性的、区域性的，涓生的回忆中呈现了大段的时间空白给人以深思，增加了小说的张力。相比 20 世纪 10 年代日记体小说对情节的看重，新文学及以后时期的日记体小说因善用这种随情绪流动的时间形式，而能够带领读者走入生活，走入主人公的内心世界，向读者展示了日记文学的魅力。

四、自我意识的觉醒与对话

日记体小说中“我”的角色是值得探讨的，很多时候他“我”赋予了双面性，既有故事中主人公的视角，也有作者本人的思想意识，这就形成了小说本身的内在对话性，在 20 世纪 10 年代时期，这种内在对话是不明显的，“个人”的内心世界隐没在故事情节下，无法窥视“我”的内心。即使有内心世界的描写，也是为情节而服务，不是为了个人的情感服务的，比如徐枕亚的《雪鸿泪史》。在新文化运动时期及以后，这种对话的模式则越来越明显。作者的声音有时候会直接显示在作品中，对作品中“我”进行直接的评判，比如讽刺日记体小说，沈从文的《呆官日记》，就有借由这种形式进行直接讽刺的内容。在巴金的《新生》中，李冷的成长过程，也有作者与其对话，完成人物性格的蜕变。

一方面，人物本身有着自我意识的觉醒；另一方面，作者又与觉醒了的人物进行内心的对话，为日记体本身并不复杂的文体形式增添了多样性，往往作者的介入会影响小说情节的走向或者影响人物性格的变化。

以上四类要素是日记体小说在发展过程中逐渐形成的，其中，除了第一人称视角和时间形式是日记体文学必备的核心要素，其他两种则是处于次要的地位，这四类要素既是日记体小说的文体范式，也是文学精神演变的一种体现，形式不是单纯的形式，必然是内容化的形式。

本书既是一篇宏观的历时性研究，也是从微观的角度分析各文本之间结构的联系、兴替与演变，由文体研究出发，探查各个阶段日记体小说的存续状况，以及体现的作家的生命经验、审美内涵。在寻找、整理日记体小说时尽可能地搜集到更多的作品，能够尽可能完整地体现各个历史时期日记体小说创作的丰富面貌，在大量的通俗文本、无名文本的运用上，除了审美意义上的论述标准，还从时间意义、价值意义等维度考察小说，让沉默的文本发出属于或者异于时代的声音，发现其中的真与美。

本书延展于前人的研究成果，所论仍有不足，希望能为后来研究者提供些许参考。

参考文献

一、专著类

（一）理论批评与资料

[1] 勃兰兑斯．十九世纪文学主流：第五分册法国的浪漫派 [M]．李宗杰，译．北京：人民文学出版社，1997．

[2] 柏格森．笑——论滑稽的意义 [M]．徐继曾，译．北京：中国戏剧出版社，1980．

[3] 米兰・昆德拉．小说的艺术 [M]．董强，译．上海：上海译文出版社，2004．

[4]M．H．艾布拉姆斯．镜与灯：浪漫主义文论及批评传统 [M]．郦稚牛，张照进，董庆生，译．北京：北京大学出版社，2004．

[5] 马泰・卡琳内斯库．现代性的五副面孔 [M]．顾爱彬，李瑞华，译．南京：译林出版社，2015．

[6] 勒内・韦勒克，奥斯汀・沃伦．文学理论（修订版）[M]．刘象愚，邢培明，陈圣生，等，译．南京：江苏教育出版社，2005．

[7] 普罗普．滑稽与笑的问题 [M]．杜书瀛，译．沈阳：辽宁教育出版社，1998．

[8] 艾米娅・利布里奇，里弗卡・图沃－玛沙奇，塔玛・奇尔波．叙事研究：阅读、分析和诠释 [M]．王红艳，主译．施觉舫，审校．重庆：重庆大学出版社，2008．

[9] 以塞亚・柏林．浪漫主义的根源 [M]．吕梁，译．南京：译林出版社，2008．

[10] 陈国恩．浪漫主义与 20 世纪中国文学 [M]．合肥：安徽教育出版社，2000．

[11] 陈乐．现代性的文学叙事 [M]．杭州：浙江大学出版社，2008．

[12] 陈平原，夏晓虹．二十世纪中国小说理论资料：第一卷（1897－1916）[M]．北京：北京大学出版社，1997．

[13] 陈平原．触摸历史与进入五四 [M]．北京：北京大学出版社，2010．
[14] 陈平原．小说史：理论与实践 [M]．北京：北京大学出版社，2010．
[15] 陈平原．中国现代小说的起点——清末民初小说研究 [M]．北京：北京大学出版社，2010．
[16] 陈平原．中国小说叙事模式的转变 [M]．北京：北京大学出版社，2022．
[17] 甘振虎，刘莲珍，阮文兵，等．中国现代文学总书目·小说卷 [M]// 中国文学资料全编·现代卷．北京：知识产权出版社，2010．
[18] 季桂起．中国小说创作模式的现代转型：论“五四”小说“心理化”的精神艺术世界 [M]．北京：中国社会科学院出版社，2007．
[19] 孔范今．近百年中国文学史论 [M]．北京：人民文学出版社，2008．
[20] 李欧梵．现代性的追求 [M]．北京：生活·读书·新知三联书店，2000．
[21] 李欧梵．中国现代文学与现代性十讲 [M]．上海：复旦大学出版社，2002．
[22] 刘纳．嬗变：辛亥革命时期至五四时期的中国文学 [M]．北京：中国人民大学出版社，2010．
[23] 钱理群．二十世纪中国小说理论资料：第四卷（1937–1949）[M]．北京：北京大学出版社，1997．
[24] 申丹，王丽亚．西方叙事学：经典与后经典 [M]．北京：北京大学出版社，2010．
[25] 申丹，韩加明，王丽亚．英美小说叙事理论研究 [M]．北京：北京大学出版社，2005．
[26] 陶东风．文体演变及其文化意味 [M]．昆明：云南人民出版社，1997．
[27] 童庆炳．文体与文体的创造 [M]．昆明：云南人民出版社，1994．
[28] 王德威．抒情传统与中国现代性：在北大的八堂课 [M]．北京：生活·读书·新知三联书店，2010．
[29] 王德威．想象中国的方法 [M]．北京：生活·读书·新知三联书店，1998．
[30] 王桂妹．文学与启蒙：《新青年》与新文学研究 [M]．北京：中国社会科学出版社，2010．
[31] 王桂妹．五四运动文化激进主义与中国文学现代转型 [M]．太原：北岳文艺出版社，2007．

[32] 吴福辉. 二十世纪中国小说理论资料：第三卷（1928–1937）[M]. 北京：北京大学出版社，1997.
[33] 严家炎. 二十世纪中国小说理论资料：第二卷（1917–1927）[M]. 北京：北京大学出版社，1997.
[34] 杨冬. 文学理论：从柏拉图到德里达 [M]. 北京：北京大学出版社，2009.
[35] 杨联芬. 晚清至五四：中国文学现代性的发生 [M]. 北京：北京大学出版社，2003.
[36] 张丽华. 现代中国“短篇小说”的兴起：以文类形够为视角 [M]. 北京：北京大学出版社，2011.
[37] 赵宪章，包兆会. 文学变体与形式 [M]. 南京：南京大学出版社，2010.
[38] 赵宪章. 文学与形式 [M]. 南京：南京大学出版社，2011.
[39] 赵园. 论小说十家 [M]. 北京：生活·读书·新知三联书店，2011.
[40] 汤哲声. 中国现代通俗小说流变史 [M]. 重庆：重庆出版社，1999.
[41] 韦勒克. 批评的诸种概念 [M]. 丁泓，余徵，译. 成都：四川文艺出版社，1988.
[42] 钱理群. 与鲁迅相遇：北大演讲录之二 [M]. 北京：生活·读书·新知三联书店，2003.
[43] 王瑶. 鲁迅作品论集 [M]. 北京：人民文学出版社，1984.
[44] 乔以钢. 多彩的旋律——中国女性文学主题研究 [M]. 天津：南开大学出版社，2003.
[45] 姚玳玫. 想象女性 [M]. 北京：中国社会科学出版社，2004.
[46] 谭光辉. 症状的症状：疾病隐喻与中国现代小说 [M]. 北京：中国社会科学出版社，2007.
[47] 张京媛. 当代女性主义文学批评 [M]. 北京：北京大学出版社，1992.
[48] 许华斌. 丁玲小说研究 [M]. 上海：复旦大学出版社，1990.
[49] 任一鸣. 中国女性文学的现代衍进 [M]. 香港：青文书屋，1997.
[50] 西蒙娜·德·波伏娃. 第二性 [M]. 陶铁柱，译. 北京：中国书籍出版社，1998.
[51] 孙晓忠. 方法与个案：文化研究演讲集 [M]. 上海：上海书店出版社，2009.

[52] 简瑛瑛．何处是女儿家：女性主义与中西比较文学／文化研究 [M]．台北：联合文学出版社，1998．
[53] 袁进．中国小说的近代变革 [M]．北京：中国社会科学出版社，1992．

（二）文学史

[1] 阿英．晚清小说史 [M]．南京：江苏文艺出版社，2009．
[2] 陈平原．二十世纪中国小说史：第二卷 [M]．北京：北京大学出版社，1989．
[3] 陈左高．中国日记史略 [M]．上海：上海翻译出版公司，1990．
[4] 范伯群．中国近现代通俗文学史 [M]．南京：江苏教育出版社，2010．
[5] 钱理群，温儒敏，吴福辉．中国现代文学三十年（修订本）[M]．北京：北京大学出版社，1998．
[6] 盛英．二十世纪中国女性文学史 [M]．天津：天津人民出版社，1995．
[7] 温儒敏．中国现代文学批评史 [M]．北京：北京大学出版社，1993．
[8] 夏志清．中国现代小说史 [M]．刘绍铭，李欧梵，林耀福，等，译．香港：香港中文大学出版社，1979．
[9] 严家炎．中国现代小说流派史 [M]．武汉：长江文艺出版社，2009．

二、论文类

[1] 陈福熙．我也参加谈谈日记 [J]．战时中学生，1940（1）：37−38．
[2] 陈康白．历史课本以外的史料——关于写日记的一点意见 [J]．战时中学生，1940（1）：30−31．
[3] 陈锐锋．试谈《腐蚀》心理描写的几个特色 [J]．贵州社会科学，1984（6）：78−82．
[4] 陈晓兰．欧洲日记体小说发展概观 [J]．兰州大学学报（社会科学版），2001，（1）：120−124．
[5] 陈左高．日记之滥觞 [J]．永安月刊，1948（105）：27−28．
[6] 程丽蓉．《沙菲女士的日记》的叙事与审美效果试析 [J]．四川师范学院学报（哲学社会科学版），1999（4）：59−62．
[7] 范烟桥．怎样作日记 [J]．自修，1938（37）：7−9．

[8] 奉仁英．庐隐的书信体和日记体小说的叙事分析 [J]．中国现代文学研究丛刊，1999（4）：126–136．
[9] 高长虹．再读《兰生弟的日记》[J]．狂飙汇刊，1927（1）：26．
[10] 郭海军．关于《腐蚀》的叙事学解读 [J]．内蒙古民族师院学报（哲社社会科学版），1993（1）：49–53．
[11] 何德明．日记漫话 [J]．战时中学生，1940（1）：31–32．
[12] 泓峻．从日记体、书信体小说看五四时代的一种写作伦理 [J]．四川大学学报（哲学社会科学版），2010（5）：81–87．
[13] 张椿．我对评价《腐蚀》的一点看法 [J]．山西大学学报（哲学社会科学版），1982（3）：28–32．
[14] 季思．中国历代日记文学 [J]．战时中学生，1940（1）：11–16．
[15] 李建东．论鲁迅对小说语体形式的变革 [J]．华侨大学学报，2001（1）：60–66．
[16] 李珠鲁．试论鲁迅《狂人日记》的文学时空 [J]．苏州大学学报，2001（2）：89–94．
[17] 刘俐俐．日记何以成为小说——以施蛰存《上元灯》文本分析为例 [J]．西北大学学报（哲学社会科学版），2007，27（3）：101–105．
[18] 罗晓静．“个人”文学的典型文本——论“五四”日记体小说的叙述方式 [J]．北方论丛，2006（5）：25–29．
[19] 茅盾．日记及其他 [J]．中流，1936，1（9）：519–520．
[20] 彭福华．日记小说简论 [J]．吉林师范学院学报，1998（6）：23–26．
[21] 钱念孙．论日记和日记体文学 [J]．学术界，2002（3）：212–223．
[22] 钱雪琴，肖淑芬．中国现代日记体、书信体小说研究综述 [J]．扬州大学学报（人文社会科学版），2006（4）：57–61．
[23] 石评梅．再读《兰生弟的日记》[J]．语丝，1926（104）：79–84．
[24] 史加辉．论现代文学史上日记体小说的文体特征 [J]．北华大学学报（社会科学版），2004（5）：26–30．
[25] 宋曦业．现代文学史上的两篇“日记”[J]．青海民族学院学报（社会科学版），1996（4）：87–89；94．

[26] 孙继红，王晓斓．西方日记体小说的形成及其发展走势 [J]．辽宁师范大学学报（社会科学版），2008（2）：97–100．

[27] 王建平．西方日记小说的叙事策略 [J]．辽宁师范大学学报（社会科学版），1997（1）：49–53．

[28] 王建平．西方日记体小说 [J]．国外文学，1996（1）：11–15．

[29] 陈静．女性生命意识的自由伦理叙事——重读《莎菲女士的日记》[J]．江苏教育学院学报（社会科学版），2005（2）：94–97．

[30] 文载道．关于日记之一 [J]．大众，1943（6）：92–100．

[31] 伍大福．再现辛亥年间国人生活的第一部日记体长篇文言小说——浅谈李涵秋的《雪莲日记》[J]．福建师范大学学报（哲学社会科学版），2005（1）：67–71．

[32] 陈国恩．“感伤的行旅”:“五四”浪漫抒情小说的风格 [J]．宁波大学学报（人文科学版），1999（4）：1–6．

[33] 徐懋庸．写作之前的一点准备工作 [J]．战时中学生，1940（1）：29．

[34] 许钦文．日记体的抗战文学 [J]．战时中学生，1940（1）：18–20．

[35] 严家炎，袁进．现代性：二十世纪中国文学的显著特征 [J]．北京大学学报，2005，42（5）：57–61．

[36] 叶绍钧．日记与写作能力 [J]．战时中学生，1940（1）：29．

[37] 于呆．谈日记 [J]．嘉兴青年中学校刊，1946（6）：7–8．

[38] 郁达夫．读《兰生弟的日记》[J]．现代评论，1926，4（90）：234–236．

[39] 郁达夫．郁达夫文集：第九卷 [M].1984：313–320．

[40] 郁达夫．再谈日记 [J]．文学，1935，5（2）：384–386．

[41] 陆山．《狂人日记》：小说叙事模式的突破与创新 [J]．南京师范大学文学院学报，2001（1）：20–23．

[42] 赵宪章．日记的形式诱惑及其第一人称权威 [J]．江汉论坛，2006（3）：69–71．

[43] 止岐．关于日记 [J]．中和月刊，1940（6）：90–91．

[44] 王桂妹．想象子君的痛苦 追问涓生忏悔的限度——《伤逝》的叙事空白 [J]．名作欣赏，2006（23）：14–18．

[45] 刘堃．写实主义的边界：重新解读《伤逝》中的性别问题 [J]．鲁迅研究月刊，2011（9）：27-36；90．
[46] 李画．自我本我和超我的挣扎——从佛洛伊德精神分析学说看莎菲女士心理 [J]．北京青年政治学院学报，2004（2）：73-77．
[47] 乐黛云．中国女性意识的觉醒 [J]．文学自由谈，1991（3）：45-49．
[48] 谭湘．“两性对话”——中国女性文学发展前景 [J]．红岩，1999（1）：62-72．
[49] 韩冷．苇弟与凌吉士——女性想象世界中男性形象的两极 [J]．信阳师范学院学报（哲学社会科学版），2007（4）：11-14．
[50] 袁进．过渡时代的投影——论《玉梨魂》[J]．社会科学战线，1988（4）：279-286．
[51] 张克．论中国现代文学史上的日记体小说 [J]．天中学刊，2002，17（1）：58-61．
[52] 夏舒雁．漫谈日记 [J]．学生杂志，1945，22（5）：7-9．
[53] 赵镜元．怎样写实事日记 [J]．战时中学生，1940（1）：16-18．
[54] 郭人全．写作日记的基本态度 [J]．战时中学生，1940（1）：21-22．
[55] 郭海军．生动而有效的艺术传达——《狂人日记》与《伤逝》的叙事模式比较分析 [J]．内蒙古民族师院学报（社会科学版），1994（1）：21-24．
[56] 李静．性别叙事 / 女性言说——论丁玲早期女性小说创作 [J]．南京社会科学，2003（8）：77-82．
[57] 潘盛．“泪”世界的形成 [D]．上海：复旦大学，2009．
[58] 许海燕．论《巴黎茶花女遗事》对清末民初小说创作的影响 [J]．明清小说研究，2001（4）：107-115．
[59] 宋曰家．在群体的事业里得到新生——谈巴金小说《新生》的主人公李冷 [J]．聊城师范学院学报（哲学社会科学版），1987（4）：78-82；87．
[60] 张贺．中国现代感伤主义小说研究初探 [J]．天津大学学报（社会科学版），2000（3）：210-215．
[61] 王小春．重读庐隐——论庐隐对“ 五四”妇女解放运动的反思 [J]．南京师大学报（社会科学版），2000（1）：91-97．

[62] 徐岱．民国往事：论五四女性小说四家 [J]．杭州师范学院学报（人文社会科学版），2001（5）：1-8．
[63] 刘纳．1912—1919：伤心惨目的小说世界 [J]．三峡学刊，1994（Z1）：23-31．
[64] 王玉珠．忧患中的感伤，激进后的彷徨——“五四”时期作家文化心理分析 [J]．陕西教育学院学报，2006（1）：46-49．
[65] 李青果．情感·革命·国家——徐枕亚《玉梨魂》、《雪鸿泪史》及其周边 [J]．清华大学学报（哲学社会科学版），2008（6）：79-87．
[66] 鲁毅．苍凉的沉落——论清末民初鸳鸯蝴蝶派小说的转型与作家心态 [J]．东岳论丛，2011，32（6）：108-111．
[67] 温左琴．“时代”与“自我”之间的悲悯——石评梅文学创作价值再探 [J]．闽江学院学报，2007（1）：76-81．
[68] 李树槐．论巴金小说中的第一人称内聚焦叙事模式 [J]．中国文学研究，2004（4）：70-74．
[69] 袁载莲．《第四病室》中的死亡描写 [J]．青年作家（中外文艺版），2009（1）：14-15．
[70] 马丽蓉．在空间维度上叙述——《伤逝》新解 [J]．鲁迅研究月刊，2001（9）：59-62；67．
[71] 周华．李劼人文化心理的形成及其对创作的影响 [J]．成都大学学报（社会科学版），1994（1）：48-51．
[72] 李淑萍．论叶灵凤的早期小说 [J]．韶关学院学报，2007（11）：56-59．
[73] 陈蕴茜．论五四知识分子群体的转型 [J]．江苏社会科学，1996（3）：82-87．
[74] 汪大钧．论白采的小说 [J]．江西师范大学学报，1993（1）：56-61．
[75] 王桂妹．“五四女作家群”的历史建构曲线 [J]．文学评论，2010（6）：133-139．
[76] 李夫泽．论谢冰莹的《从军日记》[J]．理论与创作，2001（2）：39-42．
[77] 王桂妹．道德株连审美——五四启蒙话语与“大团圆”模式 [J]．文艺争鸣，2009（1）：91-97．

[78] 张立国.《腐蚀》的时代性与战斗精神 [J]. 东北师大学报，1982（4）：42-47.

[79] 吴辰. 文学契约的重建与写作方法的探寻：论现代中国日记体小说的产生 [J]. 江海学刊，2018（2）：199-206；239.

作品附录

作品写作／出版时间／年	作者	作品名称	刊载来源　出版单位
1914	徐枕亚	雪鸿泪史	小说丛报 1-18 期
1914	周瘦鹃	花开花落	礼拜六 8 期
1915	包天笑	飞来之日记	中华小说界
1915	李涵秋	雪莲日记	妇女杂志 1 卷 7 号 -2 卷 7 号
1915	周瘦鹃	断肠日记	礼拜六 52 期
1915	周瘦鹃	珠珠日记	礼拜六 73 期
1916	吴绮缘	冷红日记	上海小说丛报社
1917	汪剑红	学徒日记	小说月报 8 卷 1 号
1918	喻血轮	惠芳秘密日记	广文书局
1918	喻血轮	林黛玉日记	中国妇女出版社
1918	鲁迅	狂人日记	新青年 4 卷 5 号
1919	碧梧	病馀日记	小说新报 5 卷 1 期
1919	任钘	新婚前后七日记	新潮 1 卷 1-5 号
1919	延陵	一页之日记	小说月报 10 卷 7 期
1920	李健	一个铁匠的日记	劳动界 17 期
1920	王秉珪	一个车夫底日记	劳动界 16 期
1920	振兴	一个学徒底一日记	上海伙友 3-4 期
1920	刘广钧	苦工日记	劳动界 19 期
1920	刘德泽	一个裁缝底日记	劳动界 14 期
1920	张苹	一个人力车夫底日记	劳动界 18 期
1920	吴乾庆	一个东洋车夫底日记	劳动界 15 期
1920	黄萍荪	卖身日记	妇女杂志 1 期
1921	瞿秋白	漫的狱中日记	文学周报 84 期
1921	蓹蘅	嫁时日记	妇女杂志 1 期
1922	冰心	一个军官的笔记	海峡文艺出版社
1922	俄兰女史	半页之日记	快活 9 期
1922	陆律西	嫁前之日记	快活 8 期
1922	徐冷波	寡妇日记	游戏世界 22 期
1922	拈花	十一年元旦日记	游戏世界 9 期

续表

作品写作／出版时间／年	作者	作品名称	刊载来源　出版单位
1922	王	夫婿归家十日记	游戏世界 5 期
1922	寄	礼拜六之日记	游戏世界 3 期
1922	顾诚安	嫁后之日记	紫罗兰华片 5 期
1922	碧梧	疆场日记	星期 11 期
1922	寒光	玩童日记	上海滑稽编辑社
1922	马二翁	拍马日记	上海滑稽编辑社
1922	梅若	瘟生日记	上海滑稽编辑社
1922	酉生	牛皮大王日记	上海滑稽编辑社
1922	莲侬	守财奴日记	上海滑稽编辑社
1922	襟亚	怕老婆日记	上海滑稽编辑社
1923	许钦文	遗言	北新书局
1923	许钦文	于卓的日记	北新书局
1923	庐隐	丽石的日记	百花文艺出版社
1923	李劼人	同情	四川人民出版社
1923	白采	被摈弃者	创造周报，1923（28）
1923	倪贻德	玄武湖之秋	创造周报，1923（31）
1923	顾明道	红娘日记	红杂志 18–19 期
1923	徐耻痕	红娘日记	红杂志 37–38 期
1923	姚民哀	红娘日记	红杂志 30–31 期
1923	谈老谈	疯人日记	红杂志 4 期
1923	赵芝岩	侦探日记	侦探世界 15、16、18 期
1923	缪贼菌	怕老婆日记	红杂志 45 期
1923	求幸福齐主何海鸣	私娼日记	心声 8–9 期
1923	严芙孙	莫名其妙之日记	红杂志 46 期
1923	王憨蔷	矛盾日记	红杂志 26 期
1924	俞亮时	看护妇的日记	红杂志 35 期
1924	狄克逊	几天日记	觉悟 3 期
1924	顾炎华	难中日记	学生杂志 12 期
1924	川岛	家兄的几篇日记	语丝 7 期
1925	鲁迅	伤逝	人民出版社
1925	叶灵凤	女娲氏之遗孽	中国文联出版公司
1925	庐隐	父亲	百花文艺出版社
1925	观钦	某女校教员之课堂日记	红玫瑰 42 期
1925	吴闻天	莫名其妙的日记	红玫瑰 47 期
1925	魏篱秋	两天的日记	妇女杂志 6 期

续表

作品写作／出版时间／年	作者	作品名称	刊载来源　出版单位
1925	隋树桂	蟋蟀的一周日记	儿童 5 期
1925	？风	疯人日记	国闻周报 18 期
1925	胡寄尘	伊的日记	小说世界 9 卷 1 期
1926	徐祖正	兰生弟的日记	骆驼，1926（1）
1926	陈霭麓	醉人日记	红玫瑰 50 期
1926	章衣萍	桃色的衣裳	印刷工业出版社
1926	章衣萍	你教我怎么办呢	印刷工业出版社
1926	章衣萍	痴恋日记	印刷工业出版社
1926	章衣萍	红迹	印刷工业出版社
1927	沈从文	一个妇人的日记	北岳文艺出版社
1927	沈从文	篁君日记	北岳文艺出版社
1927	石评梅	祷告—婉婉的日记	晨报副刊 1927(1549)(1550)
1927	庐隐	蓝田的忏悔录	百花文艺出版社
1927	庐隐	时代的牺牲者	百花文艺出版社
1927	周自有	中秋日记	秦东月刊 4 期
1927	燕志俊	言生的日记	新女性 6 期
1927	亚青	元旦的日记	北新周刊 25 期
1927	丰子恺	华瞻的日记	小说月报 18 卷 6 期
1927	庄汀依	诗人日记	北新周刊 37 期
1928	阿英	一个青年的手记	安徽教育出版社
1928	丁玲	莎菲女士的日记	小说月报 19 卷 2 期
1928	叶灵凤	处女的梦	中国文联出版公司
1928	阿英	贫民窟日记	安徽教育出版社
1928	庐隐	曼丽	百花文艺出版社
1928	沈从文	不死日记	北岳文艺出版社
1928	张天翼	黑的微笑	贡献旬刊第 3 卷第 8 期
1928	丁玲	自杀日记	河北人民出版社
1928	石评梅	林楠的日记	石评梅作品集
1928	许钦文	一周间	华夏出版社
1928	凝秋	写在枫叶上的日记	秦东月刊 1 卷 7 期
1928	Y.C.S	都门 T 太太日记	燕大月刊 3–4 期
1928	一青	晚霞的日记	贡献 1 期
1928	马仰曹	女伶日记	晨报副镌 79 期
1928	赵秉仁	一个少女的日记	复旦旬刊 5 期
1928	川岛	赌徒日记	语丝 49 期
1928	张挚甫	一个电生的日记	电友 4 卷 4、5、6 期

续表

作品写作／出版时间／年	作者	作品名称	刊载来源　出版单位
1928	王匠伯	负生的日记	上海现代书局
1928	了红	一星期的自杀日记	红玫瑰
1929	沈从文	呆官日记	北岳文艺出版社
1929	洪灵菲	路上	上海现代书局
1929	冯铿	遇合	中国社会出版社
1929	施蛰存	上元灯	上海水沫书店
1929	冯铿	C 女士的日记	女作家杂志创刊号 37
1929	许培仁	一个菲律宾妓女的日记	世界文艺书社发行
1929	无茗	一个女教员的日记	湖南教育 14 期
1929	杨人楩	西牢七日记	北新 7 期
1929	季叔	银姑日记	新女性 11 期
1929	吴似鸿女士	Bohemian girl 日记	南国月刊 2 期
1929	罗黑芷	或人的日记	文学周报 301-325 期
1929	燕志俊	我的日记	文学周报 251-275 期
1929	周章	痴人日记	真美善 4 卷 5 期
1929	胡翔云	苹儿的日记	紫罗兰 13 期
1929	马克伽女士	艺术家的日记	燕大月刊 3-4 期
1929	胡翔云	疯人的日记	紫罗兰 12 期
1929	张秋蟲	两个女子的日记	紫罗兰 15 期
1929	陈小蝶	醉云日记	紫罗兰 4 卷 123456 期
1929	微尘	在轮船上号下来的几页日记	晨钟汇刊 297-298 期
1930	巴金	爱的摧残	人民文学出版社
1930	巴金	父与女	人民文学出版社
1930	庐隐	归雁	百花文艺出版社
1930	马文元	亡友的日记	妇女 16 卷 6 期
1930	张之四	一页日记	艺友 8 期
1930	吴伴云	伴云日记	现代学生 1 卷 1 期
1930	褚侬疚	病院日记	红玫瑰 6 卷 5 期
1931	张天翼	鬼土日记	上海文艺出版社
1931	丁玲	杨妈的日记	河北人民出版社
1931	丁玲	莎菲日记第二部	河北人民出版社
1931	冯铿	红的日记	前哨 1 卷 1 期
1931	章依萍	倚枕日记	上海北新书局
1931	梁得所	老毛的日记	上海良友图书印刷公司
1931	萧繁茏	日记之一页	互助周刊 3 期

续表

作品写作／出版时间／年	作者	作品名称	刊载来源　出版单位
1931	稽安	一位少女的日记	清华周刊 34 卷 2–3 期
1931		学校生活的日记一则	中学生 15 期
1931	亮	处女日记	清华周刊副刊 35 卷 3、5 期
1931	蒋用寰	希娜日记	新亚西亚 1 卷 6 期
1931	梁惜芳	学徒日记	读书月刊 2 卷 3 期
1931	文韬	流浪的日记	互助周刊 6 期
1931	李素刺	子君走后的日记	现代学生 1 卷 7 期
1932	巴金	海的梦	人民文学出版社，1979
1932	章铁民	蒋先生的日记	大陆 1 卷 4 期
1932	遐君	亚日记	摇蓝 2 卷 1 期
1932	张嘉明	囚中日记	海潮音 13 卷 11 期
1932	意松	英儿的日记节录	民众教育月刊 3 卷 10 期
1932	王彗冰	一个警察的日记	南华文艺 1 卷 17 期
1932	吴元龙	淞沪作战的个人日记	大陆 1 卷 5 期
1932	淑民遗著	小学生日记	夜光 5–6 期
1932	邓启沂	抵抗日记	珊瑚 1 卷 1–7 期
1932	渌洲	一页可纪念的日记	清华周刊 37 卷 1 期
1932	铁忠	工厂日记	读书月刊 3 卷 4 期
1932	青崖	日记中的一页	华年 1 卷 11 期
1932	M 女士	美兰的日记	玲珑 2 卷 697071 期
1933	庐隐	一个情妇的日记	海潮 .1933（18—23）
1933	巴金	新生	人民文学出版社
1933	吴暑天	恋爱日记三种 .	上海天马书店总局
1933	丁琴	陈素芬的日记	上海大申书社
1933	马仲殊	徐先生的日记	青年界 4 卷 3 期
1933	杨凡	Y 君的日记	微音月刊 3 卷 1 期
1933	汉南	小要人的日记	微言 1 卷 14 期
1933	李源富	日记的断片	中学生文艺 1 期
1933	思蕊	春假中的日记	艺风 1 卷 11 期
1933	程俊	波折 – 社会日记之一	学生文艺丛刊 5 卷 3 期
1934	杨刚	日记拾遗	上海文艺出版社
1934	文集	少女日记特辑	女子月刊 2 卷 7–12 期
1934	曹右民	新年日记	津江月刊 3 期
1934	孤萍	学兵日记	拓荒 2 卷 2、7 期
1934	田秀英、高杏芳	工厂日记	读书生活 1 卷 4 期

续表

作品写作／出版时间／年	作者	作品名称	刊载来源　出版单位
1934	陈永耀	日记断片	学生文艺丛刊 7 卷 2 期
1934	老向	庶务日记	上海时代图书发行
1934	雪映	女明星日记	上海良友图书印刷公司
1934	万迪鹤	中国大学生日记	上海生活书店
1934	高歌	我的日记	上海启智书局
1934	吴似鸿	流浪少女的日记	上海现代书局
1934	承国英笔述，陶行知校订	三个苦孩的日记	上海儿童书局
1935	老舍	月牙儿	国闻周报 12 卷 12–14 号
1935	文集	当代女作家日记	上海中央书店印行
1935	冬萤	产妇日记	女子月刊 3 卷 1–6 期
1935	公樸	一天的日记	读书生活 2 卷 1 期
1935	褚雅鸣	进城日记	文学 4 卷 1–6 期
1935	露沙	舞女日记	中外论坛 3 期
1935	梁丽霞	百灵女士日记	女神 1 卷 5 期
1935	穆时英	贫士日记	时代文艺出版社
1935	朱仪	W 小姐的日记	玲珑 5 卷 29 期
1936	宋之的	一九三六年春在太原	中流，1936(1)
1936	艾群	军人日记	中流 1 卷 1–12 期
1936	银波	新姨妈零碎的日记	三六九画报 1 卷 15 期
1936	翔际	拾来的一页日记	青年中国 1 卷 4 期
1936	曹三	壮丁日记	论语半月刊 81 期
1936	吕平	演员日记	绸缪月刊 2–3 卷
1936	万迪鹤	试验婚姻日记抄	文学 7 卷 1–6 期
1936	程肇民	赌徒日记	西北风 14 期
1936	镇鼎	C 的一日	清华副刊 45 卷 5–6 期
1936	林岚	两天日记	读书月刊 4 卷 2 期
1937	白鹤	看护妇日记抄	女子月刊 5 卷 7 期
1937	老丫	混日子日记	论语半月刊 117 期
1938	蔡仪亭	一个苦力的日记	烽火 10 期
1938	尹俊	十二月八日	红茶 15 期
1938	王煜	完了的日记	文艺新潮 1 卷 7 期
1938	甦绿	二嫂子的日记	民国周刊 1–21 期
1939	高荒	复旧日记	绿洲 1 卷 1 期
1939	菱仔震	一个练习生的日记	绿洲 1 卷 2 期
1940	安娥	突围十二日记	全民抗战 122–140 期

续表

作品写作／出版时间／年	作者	作品名称	刊载来源　出版单位
1940	苍蔓若	中学生日记	战时学生 4 期
1940	文蔚	护病日记	妇女界 2 期
1940	丁冬	日记底汇集	三六九画报 4 卷 12 期
1940	佚名	一个中学生的日记	中学生 18 期
1941	茅盾	腐蚀	人民文学出版社
1941	亚舜	杨嫂日记	妇女月刊 1 卷 1、2、4 期 2 卷 2 期
1941	冰娜	云儿的日记	学生月刊 2 卷 7—8 期
1941	邦	王老板的日记	学生月刊 2 卷 11 期
1941	林之风	离婚日记	小说月报 13 期
1941	蒨因	茵的日记	正言文艺月刊 1 卷 3 期
1942	李箈	新生日记	妙中月刊 26 期
1942	梁灿	一个无名演员的日记	万象 2 卷 6 期
1942	蒲立德	阿丽的日记	中国女青年 3 卷 4—5 期
1942	忆珠	张太太日记	战时妇女月刊 12 期
1943	郑定文	小职员日记	福建人民出版社
1943	明沙	主妇日记	现代妇女 1 卷 1—2 期
1943	包天笑	民国四十二年儿童日记	风雨谈 1、2、3、4 期
1943	杨赫文	第一页日记	大众 3 期
1943	天笑	世界末日记	月月小说 19 期
1943	程远	公务员日记	文学创作 2 卷 1 期
1943	文末	拙荆日记	人生 1 卷 1 期
1944	石文	孩子的日记	小天地 3 期
1944	文	一个乡村助产师的日记	现代妇女 4 卷 2 期
1944	翁大草	朱达三日记	青年杂志 2 卷 3—4 期
1944	林祝敔	独身者及其日记	大众 17 期
1944	达	公务员日记	天地 5 期
1944	蔡洪波	记忆里的日记	文友 2 卷 11 期
1944	长风	狱中日记	共潮 2 期
1944	小扬	一个女工日记抄	现代妇女 3 卷 5 期
1945	巴金	第四病室	四川文艺出版社
1945	白燕	春痕（少女日记）	进文书店印行
1945	凌霄	一个烦闷青年的日记	自力出版社刊行
1945	英	浮生半日记	妇女庆祝胜利特刊
1945	赵偲	学徒日记	六艺 1 卷 1 期
1945	又云	主妇日记	女声 3 卷 23 期
1946	赵锦华	一个前进青年的日记	上海国光书店印行

续表

作品写作／出版时间／年	作者	作品名称	刊载来源　出版单位
1946	何福年	店员日记	人人周刊 2 卷 3 期
1946	芝苓	归途	妇女 6、9 期
1946	沙金	学徒的日记	文艺青年 12 期
1946	周悦寰	一个消防员的日记	上海警察 4 期
1946	尼稣	几篇日记	文艺青年 12 期
1946	情羽	一个大学生的日记	青年生活 10 期
1947	木每	一个未婚夫的日记	家 17、18 期
1947	柳彬	日记断片	读书与出版 2 卷 8 期
1947	隐名	谁的罪恶	文艺月刊 1 期
1947	胡家秦	工厂日记：我的意思	大威周刊 2 卷 12 期
1948	卓呆	醉后日记	茶话 28、29、30 期
1948	卓呆	杀人日记	茶话 26 期
1948	张契渠	娃娃日记	东方杂志 44 卷 11 期
1948	石瑛	断指日记	北大半月刊 6 期
1948	云霜	工读生日记	中学生 200 期
1948	蒙光贤	拆散了的日记	中学生 196 期
1948	张梦九	犹太人日记	青年生活 3 期
1949	文菁	爱的日记	文坛 9 卷 4–6 期

注：附录中的作品并未全数应用于研究中，根据立意选择部分作品。